商罪

與不能逃脫的商業罪犯

牟中三 著

陳浩基

PREFACE 0.1

《商探》是一部很獨特的作品。與其說它是一部偵探小說，不如稱它為一部入門手冊，闡述真實的商業調查機構的運作、調查員的偵查方法與個案實錄。

全書三十六章裡面，涵蓋了各專業範疇，從技術性的監視與跟蹤技巧，到商業騙徒的做案過程，以至香港法例中的灰色地帶等等均有涉獵，可說是寓教於樂。

我除了對本作的「功能」深表讚賞之外，亦對作者企圖傳達的意念感到動容。「商探」不是執法人員，沒有公權力，那麼該如何拿捏「為客戶解決困難」和「侵犯他人私隱」之間的界線呢？爾虞我詐的商業世界裡，如何判斷何為正確、何為錯誤？作者塑造出梁諾這個新丁商探，以他來觀察他的上司高仁與神秘人物周旋，正正讓讀者有一個易於投放視角的切入點來思考這些問題。

假如您想了解商業犯罪與商探的調查經歷，本書毫無疑問是首選；假如您是一位推理小說的創作者，本作就更是一本優良的參考書，不容錯過。

陳浩基
香港推理小說作家

對「消磨時間」這個概念，一直覺得怪怪的，因為現在總是覺得時間不夠用，那有消磨的需要？

自畢業以後，少了看小說，將時間留給閱讀雞精式增進新知的非小說類讀物。有時，也會很懷念中、小學時代甚麼小說也亂掃一通的日子。

牟中三這本《商探》，揉合小說與非小說，是香港少有的「edutainment」著作，以真實世界商業偵探行業案件為藍本，撰寫出虛實相間的商業正邪對決。每一章節結尾，都附有相關商業或法律通識，讓作品娛樂與實用並行。

十年前，美國 Fox 有一套我極愛的電視劇《*Lie to Me*》，參考專研肢體語言與微表情的 Paul Ekman 博士對 FBI 之顧問服務，轉化為探討心理學的有趣通俗作品。

《商探》，讓我有當日睇《*Lie to Me*》的感覺，我誠意推介給大家。

徐緣

Toast Communications 行政總裁、營銷作者

商探

序三
PREFACE 0.3

一直以來都對偵探這職業很感興趣，我做了很多的資料搜集，發覺有些故事不需要太曲折離奇，卻一樣引人入勝，那就是商業世界中的騙案。

原來在一些國家，偵探是需要有證書有執照的，而專門處理商業案件的皆稱之為商業調查員，他們不會查懸疑詭秘的殺人事件，但每一份委託都在維持社會基本的運作。如果沒有他們，買保險可能貴十倍，做生意隨時血本無歸，甚至連聘請一個員工都凶險重重。

有了這個念頭，我便開始寫《商探》，但愈真實的故事，所需要的資料就愈多，動筆沒多久我就發現許多細節都寫不出來。

出外靠朋友，寫書都是一樣道理。

我認識了一位現實中的「商探」高照先生，他畢生事業正是商業調查，多年來見盡社會上黑暗一面。這位見慣騙徒的人信奉「誠信」二字，核心的正確觀念、社會的正義、教育的重要性，對高先生來說，這些才是緊要事。因此，他很支持我寫這一本書，希望能以此作為下一代的榜樣。

「Veritas」是羅馬神話裡的真理女神，拉丁文裡的意思是「誠信、真相」。

高先生分享了工作上的見聞，愈是見識過世間虛假的一面，他愈是珍惜誠信，這亦是為何我選擇以人性和道德作為本書的主題。

同樣，今次的封面找來了華人界我最喜歡的漫畫家陳某操刀，愛看《火鳳燎原》的我看見偶像畫的封面，心裡別提多激動了。

致各位親愛的讀者，社會誘惑太多，商業都市充滿錯誤的價值觀，如何在其中而心不亂，是我們每個人都需要學習的課題。

近代中國哲學家牟宗三說：仁是理、是道、也是心。

希望各位能在各方支持下創造出來的《商探》世界中，尋找誠信和正義。

作者
牟中三

CONTNETS

檔案目次

-RECOMMENDATION PREFACE ｜推薦序-

梁諾篇

-PART 2-

高仁篇

候鳥篇

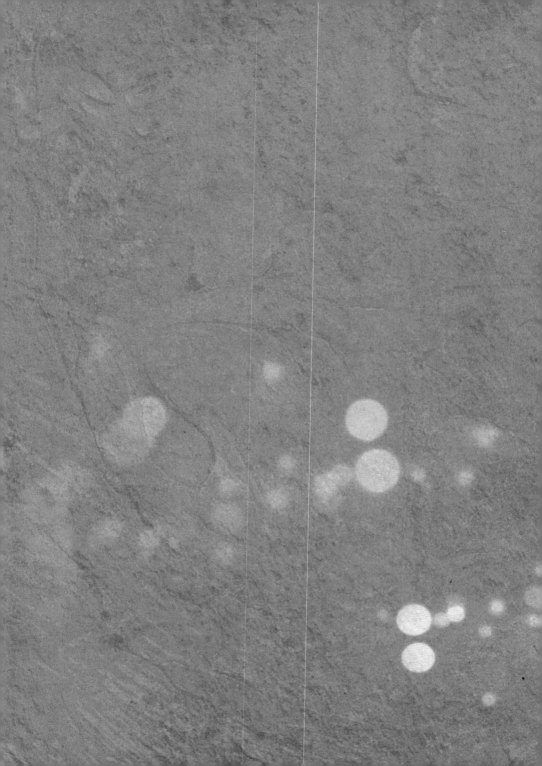

梁諾
篇

梁諾 篇

FILE 1.1

入世未深的神經質小子

〃「跟蹤人最基本要留意身邊環境同埋搞清楚目標嘅生活習慣。」〃

我在後巷已經走了十分鐘，做了廿年人，都從未試過走進這種髒亂狹窄的小巷之中，更別提是為了跟蹤一個人，而在我暈倒之前，不遠處的跟蹤目標停下腳步，轉頭望向了我。

為何我會落得如此田地？一切都要回溯到大半個月之前。

＊＊＊

我名叫梁諾，剛從大學畢業，因為就讀文科又不想做教師，我畢業的同時便是失業的開始。為了不想父母擔心，我胡亂找了一份物流公司的文員工作，每天就是對著電腦輸入資料，日子倒算清閒。

其實我能順利讀完大學課程也算是奇事。小時候我不論課堂表現和讀寫成績都極差，我媽帶了我去看醫生，後來醫生斷定我認知事物的方式與尋常人不同，並跟腦部的海馬體有關。

據醫生略作解說，海馬體在大腦皮層之下，作用是將經歷的場景形成記憶，同時亦作空間記憶及方向定位之用，是決定如何將短期記憶轉化為長期記憶的中轉站。

對於在認知事物的方式上我與尋常人究竟有何不同？以拍照為例，正常人看東西時總會聚焦在某物件上，但我的注意力卻會平均分散在整個環境中，不傾向記憶重點而是拍照式的把環境格局儲存，所以我腦袋常塞滿了太多無用的資訊，容易在比對環境時出現俗稱「既視感(Dejavu)」，即對情境產生了似曾相識的錯覺。

我們的大腦在遇到與過去經歷相類似的情境時，腦內處理過去記憶的神經元可能會同時產生衝動，造成既視感。因此我日常精神較難集中，常會莫名放空，像工作時便老是把注意力放在其他同事身上。

我座位旁邊是會計部，除了經理和一名中層員工，其餘七名都是女性，且年紀都在四十開外，我對四十路沒特別愛好，反是那位男員工特別讓我留上心。

別人都叫他阿源，阿源平常沉默寡言，除了公事外幾乎不會與其他會計部同事交談，對著經理也總是木口木面，沒被辭退肯定是工作能力特別優秀吧？

上班三個星期後，我發現一件怪事——每個星期總有一天，阿源桌上的物件會改變擺放位置，例如水杯由右邊去了左邊、筆筒被移動過等等，尋常人大抵都不會留意到這些變化，但對我來說，一切就像漆黑中的螢火蟲般顯眼。

隔了沒多久，我更發現每次變動出現時，阿源的手提電腦都不是他原來那一部。

會計部所有人的電腦都是同一型號，外形性能等完全一致，而在那些出現變動的日子裡，我看見阿源那部電腦上的桌面圖示排列與先前不符，鍵盤上脫色的字母亦改變了。換言之，一星期裡有一天，阿源使用的電腦並不是他日常用的那一部，而他本人明顯是知情的。

好奇害死貓，偶然的發現讓我整天心癢難耐，於是我決定接下來的一星期都提早半小時回公司，欲偷看是誰與阿源對換了電腦。可是連續四天了，都沒看出任何可疑舉動。

直至第五天，中午吃完飯回來後，電腦又被換掉了。

這情況從來都不會在中午後才發生，幫阿源換電腦的人改變了行動時間，原因很可能就是因為我提早上班。

看似獨來獨往的阿源在公司裡竟有隱藏的同伴，事情的變化更教我不能自拔，彷彿平平無奇的辦公室正暗裡進行著甚麼大陰謀。

下班後我偷偷尾隨阿源，想看他會否與那位「同伴」碰面，我從地鐵站就一直跟著他，為了不想讓他發現，我與他保持距離，但地鐵人群太多，到了油麻地站我被人群沖走，一眨眼已失去阿源的蹤影。

老實說，當時我並不清楚自己行動的意義。

第二天回到辦公室，我沒多作細想便繼續工作，但不知是否我想多了，阿源好像有意無意地看了我幾次。

究竟阿源與誰合夥，意圖又是甚麼？

迷思佔據了我的腦袋，使我甚至沒理會身體的疲憊感。下班時間到了，我瞧見阿源準備離開，我深吸了一口氣，喝下杯裡最後一口水，便決定再跟蹤他一次。

從北角的辦公室大樓步出，這次阿源並沒向地鐵站的方向走，反是穿過了幾條橫街窄巷，

我心臟緊張得狂跳，似乎我的行動終要得到回報了。

就在我走過一後巷時，頭腦突然一陣暈眩，四周景物變得模糊，彷彿像喝醉時一樣，同時渾身充斥疲倦不堪的乏力感。朦朧之間，我從眼角餘光看見不遠處的阿源停下了腳步，更回頭望向我……

然後，我便倒在後巷濕漉漉的地上。

＊＊＊

再醒來時，我已不在那冷巷裡，而是身在一房間中。

我從沙發上坐起，前面的椅子坐了一個男人，他抬頭望看我，然後微笑站了起來。

我從沒見過這個男人，但從他高大健壯的體格來看，恐怕我想逃走也絕對打不過他。

「你點解會跟蹤會計部嘅同事？」他問道。

我心中暗自後悔，早知道便不要多管閒事，搞得平白無事讓自己身陷險境。

「……我發覺佢有啲唔對路。」我輕聲說。

「哦？點樣唔對路？」那人眉毛一揚說。

「佢每個星期都有一日同公司某個人交換電腦，嗰個人仲好怕畀公司其他人發現佢咁做，唔通係貪得意交換日記咩！」我把心一橫豁出去說道。

那男人先是一愕，然後狀甚驚訝地重新打量我。

「你點樣發現佢同人交換電腦㗎？」他問道。

「我……睇嘢同正常人唔一樣，所以會唔覺意記晒周圍環境嘅細節，」我回答：「我貪玩跟下㗎咋，你可唔可以放過我？」

那人聞言竟哈哈大笑，像是我講了甚麼冷笑話一樣。

「我個樣都唔係好奸啫！呀，呢張係我嘅卡片。」他說罷遞了一張名片給我。

名片上寫著「Corporate Investigation (HK)」（簡稱 CI），這男人名為「高仁」，是「董事總經理」。

「你唔係嚟殺我滅口㗎嘛?!」我呆道。

「殺你個頭！係你老闆委託我調查，話懷疑公司有人挪用公款，點知我同事做嘢時見到你又走去跟蹤人，仲跟得好明顯而且畀人發現埋。」高仁失笑說。

我這才恍然，原來自己拙劣的行動早引起阿源的警覺，是阿源故意引我到暗巷之中，我暈倒自然也是中了對方的算計，幸而高仁及時把我救走，並帶到了附近一家診所裡。

「跟蹤人最基本要留意身邊環境同埋搞清楚目標嘅生活習慣，你盲春春咁梗係見到你啦！不過經你頭先咁講，基本上我哋都搵夠證據可以同你老闆交差喇。」高仁說。

「阿源穿公司櫃桶底？哦……哦……！」我一細想，整件事頓時豁然開朗。

「你又諗到啲咩？」高仁微笑看著我。

「公司個 finance 系統只可以用專門嘅 software 經辦公室網絡入去，而阿源部電腦又冇權限安裝，所以佢要同經理對調電腦先可以做到手腳。」我恍然大悟說：「吓？會計部經理竟然係佢同黨？平時眼尾都唔望一眼喎！」

「你老闆一開始就懷疑經理，仲用閉路電視監視住佢返工用電腦做乜，點知個經理完全入都冇入過 finance 系統。」高仁點頭説。

原來那會計部經理警覺性甚高，他知道老闆在其房間內裝了鏡頭，所以與阿源合謀對調電腦，由阿源動手，估計二人打算在短時間內分幾次偷取公司款項便遠走高飛。

哪知道天網恢恢意外被我發現了他倆可疑的行徑！大概是情急之下，阿源想到在我的水杯之中下藥，欲將我迷暈軟禁並連夜捲款逃走，殊不知與此同時，調查公司也查出了經理和阿源的關係！表面上形同陌路的二人竟是一對同黨！而兩人在東窗事發之前已合共從公司偷取了千多萬！

結果，老闆馬上報警，及時把正打算前往機場的二人逮捕。

「係呢，高生，你哋係私家偵探？原來會查呢啲案件嚟？」我問道。

「我唔係電視劇入面嗰啲捉姦偵探。我間公司專門處理商業客戶嘅案件，你可以叫我做……『商探』。」高仁展開笑容説。

然後高仁確保我並沒大礙便送我回家。

數天後高仁現身公司辦公室，相信是與老闆作最後的會議，臨離開公司前還向我微笑打了個招呼。

那一刻，我下了一個影響人生的決定。

我思前想後，終究還是衝了出物流公司，跑下樓梯到達地下時，高仁正在大門外截的士。

「高生！」

高仁愕然回頭，然後便看見我上氣不接下氣的模樣。

「我想……我想去你公司做調查員！」

高仁聞言滿臉笑意看著我，搞得我話已出口才感到害羞。

「你諗清楚未？呢份工好辛苦，大部分時間都好悶。」高仁說。

在物流公司工作的日子裡，最讓我感到充實的竟是調查會計部阿源的時候，高仁的出現，就像大海裡的燈塔，突然為我指了一個方向。

我猛力點頭，高仁也不多話，與我約了會面的時間再作詳談。

「你比我更加有做調查員嘅潛質。」高仁說。

「真係㗎?!」我聞言大喜，心忖大抵是我的觀察力讓他刮目相看。

「冇錯，做調查員的首要條件，就係唔可以太靚仔。」

高仁一臉認真，說完便扔下呆若木雞的我……

* * *

很多人沒聽過「商探」這職業，說是「私家偵探」便人人點頭——啊！調查婚外情嘛，TVB也常有類似情節嘛。香港對調查行業是沒有監管的，隨便註冊一間公司都可自稱「調查公司」，以致「真．商探」的職責一直沒被坊間了解。

顧名思義，商探這門專業，因應商業世界而生，香港每年商業機構來往的資金數以千億計，在龐大的金額之前，誘發經不起考驗的人性貪婪，各種商業罪行層出不窮——保險欺詐、遺產糾紛、濫用職權、內部欺詐等等，法律未能彰顯之時，第三方的調查行業便順應而生。

而這一個故事，便是關於存在已久、卻又從未廣泛被認知的——商探。

－調查先知－

關於「監視」與「跟蹤」的合法性

根據香港《個人資料（私隱）條例》，對於僱主監察僱員有明確的指引，其中在辦公室安裝的鏡頭，若並未開啟攝像功能而只是作即時監察的話，該行為並不構成個人資料的採集，否則建議跟隨「良好行事方式」的標準指引，例如僱主應事先知會僱員在辦公場所內設有監察系統的位置，並讓僱員了解進行監察之目的等。

調查公司在為客戶進行監察或搜查時，收集個人資料必須是合法及公平的，而且所收集的資料亦不得超乎適度。方式是否公平，則視乎個案的個別情況而論。

梁諾 篇

FILE 1.2

偵查技巧第一課

〃「辨認目標」是使跟蹤行動得以開始的基礎。〃

「商探」到底是甚麼？我在正式成為調查員前從未認真思考過這問題。私家偵探的話，則容易想像得多——開在裕華國貨斜對面的小辦公室，整間公司只有寥寥可數的三兩個人，就是那種「土炮」感十足的私家偵探社給人根深蒂固的刻板印象。

然而此刻我站了在灣仔的甲級商業大廈之內，四周來往的人都是衣著光鮮的白領，這裡真的會有偵探社？

我嘗試撫平襯衫上的縐摺，CI的辦公室就在我面前，推開大門後接待處的職員向我展以微笑。

「歡迎，請問你係咪梁諾？」

我當時的樣子大抵就是一臉呆滯，辦公室內分了數個工作空間，數十個員工各自忙碌，光亮明潔的環境說是律師樓倒還更符合想像。

西裝筆挺的高仁正在會議室裡，正當我以為即將與他會面之際，那長相娟秀的女職員卻把我帶到了另一個房間。

「麻煩你等一等呀。」她報以一個明麗的笑容後便走開了。

片刻後進來的並不是老闆高仁，而是一個滿鬢微霜的男人。他進來後瞄了我一眼，那炯炯有神的犀利目光與臉上的皺眉毫不相符，教我馬上噤若寒蟬。

「高生話佢做嘢時遇到一個好得意嘅後生仔，後來同你見過面後就決定請你。」他的聲音像從遠方飄來，然後他打開一個文件夾，我飛快瞥了一眼，發覺裡面是我的照片和個人資料。

「我姓羅，你可以叫我老羅，係公司負責訓練新同事嘅部門主管，我首先會同你上一個禮拜堂，然後做一啲實地測試，完成到嘅話，公司會指派一位 senior 同事做你拍檔，一年後再由我去評估你合唔合格。」他抬頭淡然説。

「一……一年……?!」我咋舌道。

「除咗一開始嘅課堂，之後你會以初級調查員身分跟住拍檔去做案件實習，只有我覺得你合格，你先會有機會接觸下一個階段嘅工作，understand？」他仍然是一副冷冰冰的模樣。

「老……老羅先生，我……我以為今日我會見高生……」我囁囁嚅嚅道。

老羅瞇起眼，魚尾紋像漣漪般漫延開去，他雙手放到桌上，身體向前湊近些許。

「如果公司架構係呢棟大廈，你依家就喺地底三層嘅停車場，想爬上去頂樓見高生，首先你要證明畀我睇，高生請你返嚟唔係一個錯誤。」

説完後老羅便拿出幾本厚得像《天龍八部》的書，我被他嚇得傻愣愣地呆坐，後來我才知道，這位老羅是退休的前高級督察，每位公司的調查員都經過他斯巴達式的洗禮，所以除了高仁之外，公司的調查員看見他都像老鼠碰著貓。

最重要的，是公司裡從來沒人敢當面叫他「老羅」。

接下來的一星期我上了數年來最艱辛的課堂，沒錯，就算大學考試前的衝刺都比之悠哉。所謂商探的理論包含各種法律知識、行動綱領、業務職責、道德責任等等，像CI般的調查公司大都以正統的商業機構為主要客戶，例如保險公司、銀行、公商機構等皆是常客。

香港的調查行業雖然沒有專業認證機制，但在美國則已發展得非常成熟，有完善的牌照制度和考核方法，不少香港較專業的調查公司都已取得美國發出的專業調查員資格。

像我這樣的新人當然未需要考試，可是那幾本〈騙案手法〉和〈行業守則〉還是必須讀完，老羅的教學方式近乎嚴刑迫供，我每天都得提心吊膽上課，精神前所未有地集中，但在這樣的環境下，我腦部確實像海綿般瘋狂吸收知識，而老羅也開始布置一些與偵查技巧相關的測試。

電腦屏幕播放著一段街道的監控影片，狹窄的小路上人來人往，兩分多鐘的影片裡至少出現了百來人。

「搵呢個女人出嚟。」

老羅把一張照片放在我面前，照片是從影像擷取出來的，女人身穿厚重的羽絨服，一頭長髮染成了啡黃色。

「大概1分32秒至40秒，喺右邊向下行。」我抬頭回答。

老羅眉毛一揚，把影片拉到1分32秒，那女人果如我所說，在畫面的右上方出現。

「好，試下搵呢個男人。」老羅神色依舊。

「認人」是調查員的基本功，以我的觀察力卻是遊刃有餘，正當我以為自己天分無懈可擊時，老羅將另一張照片放在我面前。

照片裡的男人穿著夏天的裝束，但影片內的人卻全是冬裝上陣，我呆然望向老羅，他卻是一貫的板起臉。

照片中的男人眼睛沒張開，嘴巴旁長了一顆痣，我把影片重頭到腳看了四遍，苦思了十分鐘後，我把影片停了在某一格，男人只在影片裡露出半邊臉孔，為時僅有三數秒。

一種被戲弄的感覺油然而生，老羅卻像洞悉了我的想法，他把影片關掉，然後著我打開〈偵查技巧〉的第一章。

「跟蹤首要條件係認人，你對 Subject 嘅了解唔多，得幾張相，可能仲要唔係最新嘅，時機一閃即逝，你把握唔到單 case 可能就咁玩完。」老羅義正詞嚴說。

現實的案件確實如此，「辨認目標」是使跟蹤行動得以開始的基礎，經驗可以訓練辨認對象的能力，而看五官臉孔只屬入門，因為跟蹤過程中難以經常盯著別人的臉來看，而像老闆或老羅那類經驗豐富的老手，則單憑肢體和步伐已可把目標認出來。

老羅教導我如何快速找出目標人物的身體特徵，有時候不難遇到刻意喬裝或是整容的目標，但人類有許多部位仍難掩藏特徵，例如耳骨、痣、腿骨、內或外八腳掌、身體語言等等。

雖然明知道老羅所教導的都是至理名言，但彷彿刻意針對的態度讓我心生排斥，尤其我以為自己受到高仁另眼相看，使我心裡質疑這種訓練課程的必要性。

終於捱到了實地測試的日子，老羅把我帶到街上，然後隨便指了一個路人。

「跟住佢，半個鐘內唔好跟甩唔好畀佢發現，」他盯著我說：「如果唔係你聽日就唔使返嚟。」

我心裡有氣，默然跟著那拿著手袋的女人，街上人來人往，加上香港人步速極快，稍一不慎便被拋離。

我腦內快速回想這兩天學過的要訣，目標仍無所覺地前行，乘著視線不怕與她接觸的時刻，我仔細觀察了她的動作和裝扮，以免在人群中被混淆。這時狹窄的人行道上擠滿了行人，使步行速度沒法太快，同時亦難以縮短我與目標的距離。

一般而言，跟蹤時與目標絕不能太接近，但亦不可超越視線範圍，以保留時間預測對象下一步的行動。

以這條人行道為例，道路的末端是一條橫行的馬路，換言之目標可以選擇在路口轉左、右或穿過馬路向前行，假如距離太遠，目標可能在轉角處登上了交通工具，跟蹤行動便會以失敗告終。

目標在路口轉左，我隨後轉了過去，路上倏忽多了兩三個打扮相近和拿著同款手袋的女人，不過目標各細緻的特徵早印在我腦海之中，我毫不猶豫便跟準了目標。

跟蹤的時間過得很快，我全神貫注在眼前的任務上，並小心留意環境的變化，目標再一次走到街口，為怕被人群沖散，我緊緊跟了上去，等待她在路口轉左或向右。

那目標倏忽停下腳步，然後竟然別轉頭往回走，我完全想漏了這一個可能性，以致與目標之間距離太短，慌亂之間更亂了腳步，目標走到我面前時更與我四目交投。

「你做咩跟住我呀？」

我啞口無言，目標臉上泛怒色，看來早已察覺到我異常的行動。

「你係咩人呀，我報警㗎！」她見我沒有回答，進一步質問道。

「我……我……我冇呀……」我顫聲說。

突發的變化殺了我一個措手不及，我不擅與陌生人打交道，更別說是當面對質，我能感覺到四周異樣的目光，膽怯和不安頓上心頭。

「測試完畢。」

我愕然轉頭，老羅原來一直跟在我身後，那被我跟蹤的女人吐了吐舌，然後拿出了CI的名片，對面馬路一個男人也走了過來，他手上拿了一部攝錄機並向我報以微笑。

「一開始我就講過，我係訓練新人嘅部門主管，唔通你以為我得一個人？」老羅嘴角一揚。

由於個性比較內向和怕生，我事先沒有向其他同事打探訓練的詳細資訊，測試的本質並不單只是跟蹤，要成為一名合格的調查員，搜集資訊和應付任何突發情況都非常重要。

我的自以為是讓我迷失了方向，作為對商探能力的測試，這次結果毫無疑問是失敗得徹底！

數天的密集訓練頓化烏有，我手腳冰涼茫然站在街頭，即使我已領悟到自己的不足，心有不甘我作為商探的故事未作伊始便已消亡。

－調查先知－

商探的認可專業資格

美國調查員專業認證名為「Certified Fraud Examiner」，簡稱 CFE，於 1988 年由詐騙案專家 Dr. Joseph T. Wells 創立。Dr. Wells 本身是一名會計師及 FBI 探員，成立 CFE 的原意是減少商業犯罪。該專業資格會定期更新詐騙手法和案例參考。香港現時擁有該資格的調查員數目約為 200 人。

Association of Certified Fraud Examiner 網站：
www.acfe.com

梁諾 篇

FILE 1.3

我這刹那在何方？

〃調查員有趣之處在於你每天都無法知曉你將身在何處；同樣，調查員之苦也是這種不確定性。〃

此刻我和拍檔 Jimmy 坐在醫院的大堂內盯梢。

自從我被指派跟隨 Jimmy 行動已有兩個多星期，他在公司已任職三年，是一位資歷較深的調查員。他對日常事務駕輕就熟，指導方式也更平易近人，與老羅的態度相比簡直是天淵之別。

當日老羅把測試報告給了高仁先生，老闆把我召進房間時我已有心理準備，必然是當場解僱，哪知道老羅竟然給了我合格的分數。

報告上說我的觀察力和學習能力都非常優異，臨場應變是最弱的一環，心理質素則有待觀察，總括而言，老羅認為我相當適合當調查員，且對我的潛質評價頗高。老羅的評語像是由別人撰寫出來，使我完全不懂反應，後來我把事情告訴 Jimmy，他聽畢即場大笑。

「羅 Sir 不嬲都係咁㗎，年中唔知幾多人為咗刺激同新鮮感嚟見工，但係又做兩做就頂唔順，所以佢會特別嚴厲，都係為咗保持公司服務質素啫。」Jimmy 説。

「即係佢本來冇咁惡㗎？」我訝道。

「哦咁梗係唔係啦，鬧到你驚呀！但係羅 Sir 教啲料好有用，到依家我都成日好慶幸嗰時有認真上堂。」

Jimmy 比我大五年，是個很隨和的人，長相打扮都與普通香港男孩無異，更非常擅長壓抑自己的存在感。我本來以為每天上班都需要穿得很正式，但 Jimmy 告訴我，調查工作就是要融入環境，需要配合任務場景改變外表。

像今天的工作，我們正跟蹤一位建築工人，穿著自是一般便服。

數星期前，這工人在工地受傷索取了工傷賠償，保險公司懷疑遇上欺詐個案，便委託 CI 驗證真偽。

香港保險欺詐案例極多，利益是誘使人犯罪的最大原因，兼且許多人總自以為聰明，殊不知罪行會有被調查員揭發的一天。

我們跟蹤的建築工人聲稱左腳骨折，除了要確保他有定期覆診外，還要觀察目標有否任何異常行為，包括索償期間有否如常工作、行動能力有沒有受影響等等，Jimmy 説他曾親眼目睹聲稱斷腳的男人踢足球。

Jimmy 事前已摸清了目標將前往覆診的樓層，調查員須盡可能預先熟知目標出現的環境，例如醫院內出入口所在，覆診及取藥樓層的分布，目標慣常前往醫院的交通方式等等，以免在

跟蹤過程中跟丟了目標。

當目標出現之後，Jimmy 悄悄跟蹤其後進電梯，而我則繼續在大堂守候。

我們戴上耳機裝作聽音樂，實則卻是無間斷地一直保持通話，方便隨時更新目標的狀態。目標覆診完畢，我和 Jimmy 站在小巴等候隊伍中的不同位置，確保至少一人能跟隨目標登上同一輛小巴，接下來不管目標往哪裡去，我們都必須靜悄悄地跟在後面。

菜市場、酒樓、回家，一路上 Jimmy 不時以錄影機拍下目標的行動，之後會將之交由客戶評定是否存在任何異常的舉動，再定奪需否後續的跟蹤行動。

Jimmy 第一天便告訴我，調查員有趣之處在於你每天都無法知曉你將身在何處；同樣，調查員之苦也是這種不確定性。

所謂「異常舉止」，會因應案件而存在差異。一般而言，與何人見過面或偏離日常路線都會被我們記錄在案，而由於事前目標的生活習慣都被查探清楚，假使他改變回家路徑，我們亦會立即察覺。

酒樓之中的環境十分熱鬧，我和 Jimmy 確認了室內各個出入口後，便挑了一張能遠望目標的桌子，方便一邊吃午飯一邊監視他。Jimmy 叫了些點心後便去了結帳，調查員在跟蹤過程中不可有任何延誤，若是尾隨目標進入餐廳用餐，須先行結帳以確保隨時能離開現場。

建築工人正和一名陌生的男人吃飯，過了一會兒後另一個女人也坐進他那張桌，兩人都不在我們的資料上，Jimmy 見狀皺起了眉頭，似是察覺有蹺蹊。

「我嘗試行過去影低佢哋，順便聽下佢哋講乜。」Jimmy 壓低聲音説。

說罷他把小型攝錄機藏在外套內，若無其事向目標那一桌走去，Jimmy 低頭裝作看手機，氣息與環境融合，若非刻意聚精會神都絕難注意得到他。

我乘這空檔盡量觀察桌上三人。

目標說話的態度較平常收斂，兩人的關係並不似朋友，另一個女人則全程只與居中的男人說話，與目標毫無交流。

就在我斜眼仔細打量那兩人之時，坐在中間那男人突然似有所覺般抬頭望向我，嚇得我連忙收回目光垂下頭。

現實不是電影，調查員在跟蹤過程中會盡可能避免與目標打照面或作眼神接觸，若惹起目標警惕，我們便只能暫時撤退，另訂時間重新編制行動。

這時電話響起，是 Jimmy 打來的。

「做咩呀，Subject 見到你呀？」Jimmy 已發覺我的不對勁。

「同佢同枱嗰個男人望埋嚟，我唔肯定縮唔縮得切。」我低聲說。

「唔好搏啦，一陣你繼續留喺度，我落去跟住先。」Jimmy 說。

於是我默然吃東西，Jimmy 一直沒有回來，直到目標那桌結帳離開後兩分鐘，電話再次顯示 Jimmy 的號碼，我戴起耳機離開了酒樓。

那三人已然分道揚鑣，我們繼續跟著目標回家，他的左腳包了石膏，走起路來一拐一拐的，倒不似是弄虛作假。最後，目標回到家裡。

今次的任務算暫時完結，不過回去還得提交完整的報告給予組長，好讓她安排之後的行動。

跟蹤建築工人的過程平淡，但我總有種看漏了重要線索的感覺，使我不禁陷進思考之中。

「點呀，好似好失落咁？」Jimmy 看了我一眼。

「冇……冇呀……」

「覺得好悶呀？」

「唔係……只係好似……查唔到啲乜咁……」

「我哋做呢行嘅只係幫個客記錄真相，我哋唔係警察、唔係特工，無論悶又好、無聊又好、刺激都好，真相就係真相。」Jimmy 語重心長說。

他看見我若有所思的樣子，嘆了口氣從袋裡拿出電話，並播了一段錄音給我聽。一開始是某女聲不斷在講髒話，隔了一會兒便是目標與剛才那男人的談話內容。

「……你單嘢好快搞掂，呢排小心啲，唔好周圍去，出街行慢啲……」

我聽畢渾身一震。雖然寥寥數句沒能證明甚麼，但言語中的意思已相當明顯，建築工人的動機肯定不單純。

轉念一想，我頓時明白剛才心緒不寧的原因，那目標雖然走路時的動作合乎腿骨受傷的樣子，但他坐下來時卻會不自覺地蹺起了右腿，並把身體重量都壓了過去，以一個左腳骨折的人來說當然不合常理。

「我會將段錄音畀埋個客，由個客決定要將呢個 job 延長幾耐。」Jimmy 說。

我當然大喜，心忖總有機會讓我發揮才能把目標的「痛腳」捉到。

只是，後來這客戶在衡量了風險和成本後，認為增派人手調查下去所花的時間和金錢超越了這宗案件的賠償價值，最終還是決定暫時停止調查。

不用分說，我自然是感到失落，Jimmy 見狀安慰我，還在下班後請我喝酒。

「調查員始終都要跟個客嘅意願去做，千祈唔好收咗工仲自己走去跟人呀。」Jimmy 又再語重心長說。

事實上我確有此意，被 Jimmy 一語道破後我不禁雙頰發燙，便當是酒精作用吧。

「做調查員一定要學識平衡工作同生活，老細話佢以前都成日分唔清楚條界線。」Jimmy 說。

「……咁單 case 真係就咁算㗎啦？」我岔開話題說。

「呢個位就交畀我哋嘅老闆啦，同埋世事真係有因緣，做錯事一定會受到應有嘅懲罰，總有一日你會再遇上呢單 case。」

Jimmy 喝了酒後，講話也玄妙起來。

「因緣……？」

我對著啤酒瓶口咕噥道。

到我真正理解 Jimmy 的話時，那又是另一個故事矣。

—調查先知—

香港的保險詐騙案狀況

根據本港保險業界人士估計，每年保險索償總金額中有超過一成遭不法之徒騙取，2017 年 7 月財經事務及庫務局局長劉怡翔在其網誌也有特別提及到保險業的詐騙問題。香港保險業聯會已正式建立預防保險詐騙偵測系統，蒐集保險公司過去幾年的索償資料，作出數據分析，以掌握罪案趨勢，望能助業界及早採取防範措施，以減少因詐騙發生而造成的損失。

就本篇《商探》故事為例，凡涉及工傷保險賠償達至一定金額，假如保險公司對索償者的受傷虛實狀況遇有懷疑時，可委託調查公司查證，作出欺詐風險評估。

信託基金大盜逃潛記

〃調查工作與行軍打仗相似，但當工作牽涉到政府或法庭部門時，行動往往會變得被動。〃

俗語有云：「不怕神一般的對手，就怕豬一樣的隊友」，入職沒多久，我便親身體驗了這至理名言。

調查公司承接的案件有大小之分，當中高價的定位和跟蹤服務動輒牽涉十數隊調查員，目標人物多涉及龐大金額，可能是欠委託人巨債，又或是與詐騙案相關。

我入職沒多久便被派往一宗「大案」，目標人物被法庭判處敗訴，本來會被執達吏強行上門扣押財物，但他卻在法庭判決後人間蒸發。由於他欠下的金額太大，銀行便委託 CI 尋找出他的所在，好讓執達吏上門清算其財產。

目標人物年約四十，家族背景是上市公司集團，其姊先前因病去世，遺囑上留了逾億資產給她的獨生兒子，而因為年紀尚幼的關係，家族中人便成立了信託基金，並由目標人物負責打理。哪料他一直偷偷地盜用基金，東窗事發時大半金額已被他轉移，一場現實豪門爭產風波便展開了。

公司的背景搜查部門分析目標人物的關係網，從社交媒體和網絡尋找線索，終查出目標將與友人見面的飯局日期。是次目標警覺性高，若跟蹤敗露便可能沒法短時間內組織下一次行動，所以老闆甚為重視當晚的行動。

公司動用了五組調查員，並由一名小組長作行動統籌。

目標晚上出現在尖沙咀天文台道的飯店，我們靜待他用餐後離開，餐廳所有出入口都已有調查員看守。任務相當清晰，就是要竭盡所能跟蹤目標，把他現時居住的地址找出來。

晚上十一點多，目標人物喝得爛醉，在友人A攙扶下上了紅色的士，汽車引擎發動，車頭右轉欲駛出大路之際，司機突然猛踏腳剎。

原來車頭前一醉漢正跪坐在馬路上，的士司機不耐煩地響號，那醉漢卻渾然不覺，還索性躺了在馬路上。

醉漢擾攘了一會，後邊的車也紛紛被堵塞住，有路人見狀便上前把醉漢拉到行人道上，的士才得以駛離這條街。

待的士遠去，這「醉漢」卻若無其事從地上站起——其實他是調查員之一，為的只是爭取時間給其他組員部署行動。

車子一路行駛至將軍澳，目標下車後腳步踉蹌，必須半靠在友人A身上才不跌倒。

二人走進一私人屋苑，時近深夜，另外三組調查員扮作夜歸住客跟蹤其後。

所有住戶需要先拍卡方可進入大門，再乘坐電梯至平台才能通往不同座數，友人A幾經辛

苦才在目標的口袋裡掏出住戶卡。兩人走進電梯，身後隨即傳出一陣喧鬧聲。

「嘩你唔好喺度嘔呀！」

「阿叔你有冇膠袋呀？佢唔掂㗎嘞！」

「我入去搵搵，先生你忍住先！」

電梯門關上，友人A聞之失笑，還道遇上了同道中人，卻不知是調查員的調虎離山之計。乘著管理員被支開，另外兩組調查員連忙登上旁邊的電梯，踏上平台時剛好看見不遠處友人A扶著目標前行，大概兩分鐘後便到達目標居住的座數，保安亭建在大樓正門之外，所有進出人士都必收攬眼底，保安工夫算是做到家了。

雖然確認了目標居住的座數，但我們仍需要把確實的樓層和單位找出來，換言之任務尚未結束。此時一名神色慌張的女孩叫住保安亭裡當值的管理員，乘著他被女孩引開，兩名調查員跟在友人A身後走進電梯大堂。

他倆裝作一對情侶走進電梯，眼角飛快觀察友人A所按的樓層，然後若無其事地重複按一次，站在一旁靜待電梯上升。

「返到屋企啦，你住咩單位呀？」友人A輕搖目標。

「唔……」

電梯門打開，兩名調查員按住開門鍵裝作禮讓，可是不管友人A怎樣詢問，醉倒的目標就是講不出話來，別無選擇下調查員也踏出了電梯，四人尷尬地在站走廊裡，若調查員留守不動也顯得太突兀了。

「條鎖匙畀咗你啦！」

「邊有呀？」

這對調查員是老拍檔，眼神甫接觸已理解對方盤算，二人走到旁邊裝作情侶拌嘴，暗地裡則仍仔細留意目標人物。

「你次次都係咁喋喎！好心你執下個袋啦！」

「我……我搵下囉！你唔使咁惡下話！」

目標半抬起頭，大概別人的爭吵聲也驅趕了三分酒意，他迷糊間指向一單位，友人A會過意來，拿出他褲袋裡的鎖匙開門。

「咔嚓——」

兩雙眼盯住了那單位的門牌，然後這對假情侶轉進了後樓梯，整條走廊回復平靜。

終於查出目標的住所單位，調查員立即把資料傳送回公司的後勤部門。

第二天早上，執達吏收到通知，便派出人員到達目標的住所，我們幾組調查員也在目標居住的屋苑外等待，執達吏的隊伍到達現場，其隊長與我們調查組的組長交換資訊。

「7座22樓B呀嘛，我哋今日預半個鐘做呢單，如果上門冇人就要再約時間。」執達吏的代表說。

我聞言不禁咋舌，我們逾十人的調查行動花了多少時間才找到這位目標所在，但卻只能換來執達吏半小時的工作，幸好目標尚未離開住所，否則豈不白走一趟。

「高生難得畀你呢個新人落嚟，就係睇中你嘅長處，一陣間你記住睇實有冇疑似目標嘅人逃走呀。」Jimmy 輕聲說。

「都上去拉人封艇啦，仲走到咩？」我奇道。

「唉，呢個世界有豬隊友㗎嘛，總之你畀心機望實啦……」Jimmy 話中有話。

包括 Jimmy 在內的同事們仍如臨大敵，一點都沒有快將完成工作的輕鬆感。

小組長跟著執達吏一起進入了屋苑，十數分鐘後工作群組收到了訊息。

「揚咗！目標已經知道執達吏到達屋苑！」

眾調查員齊聲嗟嘆，卻毫不感到意外，彷彿是早有所料般。

幾組人員各自守住了屋苑的主要進出口，不過我們並沒權力拘留任何人，就算真的找到逃脫的目標人物，都必須通知執達吏來完成任務。

在 Jimmy 的解釋下，我才理解為何目標為何會發覺執達吏的前來。原來在進屋苑時，執達吏向管理人員表明了身分，並依正常訪客手續讓管理員通知了屋主。目標得知後當然馬上逃走，一隊執達吏從地面上平台再到達第7座的空檔已甚為足夠，待至按門鈴時，屋內早已變得空無一人。幸好小組長預先通知了我們，各個出入口依然在嚴密監視下，時間一分一秒過去，我雙眼從沒離開過屋苑的大門。

此時幾個人走了出來，一行人談笑自如，裝束似是準備去登山郊遊，同時停車場駛出一輛黑色房車，負責監視停車場的同事連忙盯住車窗，就在所有注意力被汽車吸走之時，我卻感覺到一陣異樣。

本來郊遊人士戴遮陽帽和墨鏡是頗尋常的，但那人腰上的名牌皮帶扣卻反映了陽光。我早把目標人物的相片看了數十遍，此時所有細節盡收眼底，那一個皮帶扣引發了既視感。

「目標喺正門出咗嚟！」我連忙喊道。

與執達吏一起的組長收到訊息，可是他卻說執達吏正準備收隊，恐怕未能立即趕到現場。

如果目標成功逃脫，也不知道再費多少時間才能找到他，加上目標肯定會提高警覺，時機說不定就此一閃即逝，眾調查員的辛勞頓成煙滅。想到此處，我狠一咬牙衝了出去，跑了沒幾步卻發覺其他調查員亦走了出來。

我們把目標人物團團圍住，既不與他接觸也不讓他離開半步。

「喂！非法禁錮呀！」目標嚷道。

「唔好意思先生，我可以幫你報警，但係警察到場之前，我哋唔可以畀你離開。」Jimmy說。

目標人物正欲發難，幸而組長終拖著執達吏跑了過來。

那位執達吏隊長幾乎被小組長扯掉了背心，一隊人跑得上氣不接下氣。

執達吏氣喘呼呼地當場宣讀了法例，目標人物臉如死灰。

盜取家族基金的目標最終被清算了所有財產，我們達成了銀行的委託，同時也讓那位喪母的孩子取回母親的遺產；更重要的是，讓目標得到了應有的懲罰。直到此刻，我們的工作才真正告一段落。

調查工作與行軍打仗相似，但當工作牽涉到政府或法庭部門時，行動往往會變得被動，經驗豐富的調查公司與相關部門合作機會較多，容易摸熟有關隊伍的工作模式，加上適當的人員調配，便沒那麼容易被突發狀況導致任務失敗。

－調查先知－

執達吏的工作

執達事務組是香港司法機構的一部分，負責兩類重要工作：其一為按照法院、審裁處或訴訟人士的要求送達傳票以及其他重要的法律文件；其二是促使有關人士完全遵從及履行法院或審裁處的判決及命令，例如法院命令判定債務人要償還債項，或命令某人要遷出某處所，有關人士未有遵從命令的話，勝訴一方便可以向執達事務組提出申請，以適當的步驟追回債項或收回物業。執達吏便是該事務組的執勤人員。

當收到申請人的委託，執達吏會依法盡力協助申請人，不過假若被告不知所終時，執達吏便無法執勤，在此情況下，調查員便可以從中肩負搜查目標人物下落的任務，以協力執達吏完成工作。

執達事務組網頁：
www.judiciary.hk/zh/court_services_facilities/bailiff.html

梁諾 篇

FILE 1.5

委託調查的動機

〞「唔好意思，呢類屬於商業間諜行為，或者你可以試下搵坊間嘅私家偵探，佢哋可能會幫到你。」〞

老闆高仁究竟是個怎麼樣的人？

據說他以前在英國當過警察，後來加入了一家跨國調查公司，受過正統的調查員訓練。

他是一個工作狂，經常廢寢忘餐，接待處的姐姐說，老闆是典型的處女座，對自己的要求非常高，幸好對同僚頗為溫和。

我加入CI出於一種憧憬，對初出茅廬的我來說，人生前路茫茫，高仁先生卻教我看到了以前沒想像過的景象，我渴望像他那樣，將熱情貫注在畢生事業之中，並對自己的工作無比自豪。

有人說，工作佔據了人生至少一半的時間，所以必須尋找自己想做的事情，同時喜愛自己做的事情。

工作了一些日子後，我發現了老闆有些特別的舉動。每個月，他總有兩三天傍晚獨自外出，那段時間他不會接聽電話，也拒絕作任何工作安排，公司裡的資深同事對此見怪不怪，唯獨我這個新丁對此充滿了好奇心。

某天我和 Jimmy 交完了報告便能下班，我們離開公司後走在附近的街道上，剛好讓我發現了老闆的身影在遠處閃過。

「我……我行呢邊呀 Jimmy 哥，聽日見！」我急忙說。

「聽朝10點半呀！」Jimmy 不疑有他。

我急步跟隨老闆而去。

經過一段時間的訓練和實習後，我的跟蹤技術大有進步，加上我本來的觀察能力，老闆完全沒發現我。

他走進一家蘇格蘭酒吧。

這家酒吧位於地庫，我想了一會後，還是忍不住跟著高仁先生下了樓梯。

哪知道，一踏進店門，便發現老闆正好整以暇站著等待我。

「高……高生？乜咁啱呀？」我臉色一青。

「咁啱？你跟咗我幾條街喎！」高仁先生笑道。

我頓時窘得說不出話來，反是老闆搭著我的肩膀走進店內，然後在一張小桌坐下，還點了兩杯生啤。

「跟得唔錯呀，我仲心諗係邊個行家咁睇唔開。」高仁先生說。

「……唔好意思呀老細，唔好炒我呀……」我低頭說。

「咁你話我知你做乜跟我，我酌情判你守行為啦！」

老闆喝了一口啤酒。於是我一五一十把留意到的細節告訴了高仁先生，例如老闆每月哪幾天會消失幾小時等等，他邊聽邊笑，倒像是我在說甚麼笑話。

「留意得好仔細呀，唔錯，睇嚟阿妙同 Jimmy 教咗你好多嘢。」高仁先生竟是讚賞我。

「唔好意思呀高生，我唔敢喋嘞……」我還是怕老闆會生氣。

「唔緊要，好奇心對調查員嚟講好重要，既然畀你跟到我，我請你飲杯啦！」高仁先生拍了拍我。

「高生你唔係約咗人咩？」我愕道。

高仁先生沒答話，他望向門口，然後不由得輕嘆一聲。

「冇，我一個人。」

我們坐在酒吧裡邊喝邊聊天，老闆問起我工作的事情，他本來也是調查員出身，所以對於我會面對的問題都清楚得很。

比起老闆與小員工，我們聊天的感覺更似是前輩與後輩。

只是到了最後，老闆還是沒有講他為何會獨自一個人到酒吧來。他只說是等待一個朋友。

我也識相沒有追問下去，但仍能察覺到他眉宇間的惋惜。

第二天早上，我和 Jimmy 出外工作，與這位師兄拍檔的時間愈多，我便愈能體會自己經驗的不足，每個人都難免會希望自己受到重視，我本來以為憑我特別的觀察力，該會在公司裡平地一聲雷，然而事實是，調查工作非常講究團隊合作，且當中包含大量的知識，那時候老羅說的話並非恫嚇，要成為能獨當一面的調查員，確實需要年月的磨練。

那天我們在吃午飯時，有一人走了過來向 Jimmy 打招呼。

「點呀 Jimmy，你哋C記呢排好旺喎！」

「OK 呀，都係咁啦。」Jimmy 隨口應道。

「你哋老細唔憂做啦，咁多單都唔接！」那人笑道。

Jimmy 不以為然地應了兩句。

待那人走後，他告訴我這是一名老行家，專門經營私人性質的調查服務。

我對他的話甚是好奇，Jimmy 卻不直接回答我，只說這是高仁先生的方針，甚麼「君子愛財，取之有道」，他說我再過一陣子自當明白云云。

我沒深究此事，剛好幾天後的一件小事，讓我漸理解 Jimmy 說的話。

那天我在辦公室，正在等待進會議室和老羅定期會面，當時會議室內正進行客戶諮詢，裡頭講話的人聲線愈來愈高，教我在門外都能清楚聽到他說的話。

「點解唔接得呀？你放心喎錢我公司大把！」

「唔好意思小姐，我哋公司一向唔接呢類型嘅委託。」

「有咩分別啫！都係叫你哋去搵債仔個女讀咩學校，等我貼下街招迫佢現身啫！」

「唔好意思，呢類屬於滋擾行為，我哋幫唔到你。」

會議室門打開，那女人氣沖沖離去，老闆高仁先生向我報以苦笑。

「而家啲人真係惡，唔做佢生意都唔得。」他笑道。

當年老闆成立CI時，不論開業有多艱難，他都拒絕接下某些違反他宗旨的委託，以致許多行家都認為老闆是錢多人傻。

「你知唔知點解我哋唔可以接呢單case？」老闆望向我。

「因為……接咗就會損害公司專業性？」我答道。

「咦，你呢個答案幾好，可以放上公司網頁喎。」高仁先生笑說。

他從會議室步出，然後饒有深意地拍了拍我肩膀。

「無論手段有幾正確，如果動機係奸惡，咁同我哋調查嘅詐騙犯，本質上又有乜唔同？」

我呆然望著老闆的背影，心裡默唸著他的這句話。

商業世界遊離在模糊的界線邊緣，要在灰色地帶之中穩守自我並非易事。

而關於高仁先生堅信的正義，後來我才知道背後隱藏著另外一些故事。

—調查先知—

君子愛財，取之有道

這句說話出自《胡雪岩全傳· 平步青雲》上冊，首富李嘉誠先生引用過，但當中講的「道」又是甚麼意思？

《論語，里仁第四》

子曰：「富與貴，是人之所欲也；不以其道得之，不處也。」

君子在儒家思想中乃道德的典範，所行之道合乎「仁」，亦即儒家講道德價值的核心要素。所以，君子即使在賺取報酬時，也需以「仁」作依據，不仁義之事，絕不會幹啊！

梁諾 篇

FILE 1.6

人生過去總有「留底」

〃資料搜查部門平常負責所有背景翻查，一般指個人記錄、持有物業、擁有的公司數目或債務等等。〃

大抵是受到影視作品裡常見中外偵探接私人委託以調查家事、捉姦等等所影響，商業調查公司常被人誤解工作性質。

現實之中，上述這類案件多由小型的私家偵探社接手，一般商業調查公司皆專注在品牌保護、盡職調查、會計法證等商用範疇上。

不過，凡事總有例外。

因受好友拜託，老闆接下了一宗私人性質的案件，委託人是一位醫生，而他來到辦公室的當天，剛好是我回去交報告的時候。

電子琴、結他、鼓聲在會議室內迴盪——

"What's your name? Who's your daddy?
Is he rich like me
Has he taken any time
To show you what you need to live"

我好奇地探頭張望，冷不防被人從後敲了一下頭殼。

這時醫生和高仁先生從會議室步出，他回頭望見我，禮貌性地點頭微笑。

待醫生離去後，高仁先生找來了資料搜查部的主管，即敲我頭顱的那一位。

「吓?!得隻碟、一個英文名，同埋一隊六、七十年代唔紅嘅樂隊名？點搵呀老細？」部門主管肥虎嚷道。

「你外號唔係叫『起底之鬼黃飛虎』咩？冇理由難倒你㗎！」高仁笑説。

「太空泛啦……起碼要畀個調查員我，幫手縮窄個範圍。」肥虎咕噥道。

然後他不懷好意地望向我，教我渾身一陣不舒服。

「頭先望得咁過癮，就叫阿諾幫我手啦！」肥虎笑道。

「我仲實習緊喎……同埋都要阿妙姐批先得㗎。」我忙説道。

「唔緊要，我批咪一樣。」老闆高仁微笑看著我倆。

其實我也頗有興致參與此案，肥虎私底下是個宅男，性格比較跳脱，因為我倆沉迷同一款遊戲及瀏覽同樣的討論區，所以入職沒多久後我倆已聊得很是投契，我對他「起底」的工作亦一直很好奇。

「呢單 case 主要都係幫下人，阿諾你唔介意就幫下手啦。」高仁先生說。

如是者，我和肥虎便負責這項委託。醫生想尋找失散廿多年的父親下落，但他擁有的線索，僅有一張陳年黑膠唱片、父親年輕時的洋名，和他樂隊組合的名字。

這項艱鉅任務，首先落了在資料搜查部門的肩上。這部門平常負責所有背景翻查，一般指個人記錄、持有物業、擁有的公司數目或債務等等。

醫生帶來的黑膠碟，是許冠傑的英文歌曲精選，剛才播放的歌曲，名為《Time of the Season》，這一種混合式爵士樂在六、七十年代非常盛行。

肥虎不太喜歡別人說他肥，我一般都叫他「飛虎哥」，他活用搜尋引擎的技巧，最基本根據關鍵字、時間和地點，已可將結果範圍收窄，但醫生父親及其樂隊的名字實在太普通，又沒有照片可供參考，要找到他，可謂大海撈針。

「飛虎哥，不如上 forum 開 post 啦，可能有人識呢？」我說。

「客戶私隱呀！唔使靠巴打嘅，有我黃飛虎咪得囉！」肥虎搖頭說。

既然肥虎胸有成竹，他定必仍有方法可以找到目標，於是我閉上嘴乖乖坐在一旁。

肥虎專注地盯著屏幕，神情和氣勢都變得截然不同，他說若無法直接把目標搜尋出來，其中一種方法是改為找出可能認識目標的人。

網絡就像一個大海，與現實中翻查官方記錄不同，要從芸芸資訊中抽出對應的條目，首先便要熟悉各種網絡使用的語言。

我看著肥虎無限延伸他搜索的方向，從可能認識目標的人到仍活躍的六、七十年代樂隊、懷舊樂隊表現場地、懷舊樂隊發燒友等等，他的邏輯就是摸出目標生活上可能接觸到的人或事，然後順藤摸瓜反過來追蹤至目標本人。

未幾肥虎便找到了三個線索，分別是「懷舊樂隊金曲夜」的主辦單位、樂隊愛好者的群組和主題酒吧，他把地址傳到了我手機，接下來便是我的職責了。

我首先聯絡舉辦懷舊樂隊金曲夜的主辦單位，但對方無法提供線索，畢竟「Peter Lee」之名太空泛。然後，我到了七十年代風格的英文樂隊主題酒吧。因為時間尚早未正式營業，酒保和店員正在忙於打掃，牆上掛著數十張照片，全部都是年代久遠的樂隊合照，我認得出的，只有許冠傑和泰迪羅賓。

我向店員道明來意，並把 Peter Lee 和樂隊名字告之，店員和酒保聽畢皺眉連連搖頭。

大概店裡比較少年輕人到來，酒保倒了一杯水給我，饒有興致地向我詢問所尋之人的故事，不過別說是我，恐怕委託人對生父也所知不多，我只能根據委託人的資料，描述他成長的環境，和家裡經常播放的音樂。

酒保聽畢後找出了一張黑膠唱片，並在店裡播放出來，歌詞全是英語，音樂風格有點像 Beatles 年代的英倫搖滾，就算是不太聽這類型音樂的我，也甚是津津有味。

「呢首歌係『太空之音』嘅《Shakin' All Over》，即係陳欣健嘅樂隊呀，聽得呢首歌都真係有返咁上下年紀嘞！」酒保說。

說起陳欣健我只聯想到「養陰丸」廣告。接著，酒保指著其中一面牆壁的照片，說上面都是太空之音那一年代的樂隊，許多都曾在這酒吧表演過。我湊前一看，發黃照片上滿載舊年代的回憶。

「好多就算仲喺度都去晒外國囉！」酒保説。

我問起有誰移民到了加拿大，酒保聽畢大反白眼，説牆上起碼大半人都已移居溫哥華等地。我認真看了一遍牆上的照片，用手機拍下來傳送給肥虎，然後便離開了酒吧。

老闆高仁用了一點私人關係找到七十年代樂隊音樂愛好者群組的管理員，並帶著我一起拜訪這位經營樂器生意的謝先生。其實老闆近年已較少做調查工作，皆因此案大半屬老闆的私人關係，才會特意前來。

我和高仁先生來到葵涌工廠區，該位群組管理員現年六十多歲，年輕時也是樂隊成員。走進謝先生的辦公室後，老闆與他閒聊起來，畢竟老闆成熟穩重，交談起來較容易打開謝先生的話匣子。我抬頭看見一張合照，站在中央的是泰迪羅賓，旁邊的是鄭東漢（鄭中基的父親）、謝先生和一位面容熟悉的男人。

「呢張係嗰時同 Teddy Robin and Playboys 嘅合照，好值錢㗎！」謝先生笑説。

既視感湧現，我靈光一閃掏出電話翻看剛才在酒吧拍下的照片，並放大其中一張給謝先生看，他果然臉上一陣驚訝。

「後生仔好眼力喎！係呀，呢隊係我以前嘅樂隊嚟㗎。」謝先生喜道。

謝先生因為被我認出舊照而心情大好，拉著我們進房間大講老故事，大半個鐘後我們才能插上嘴把原委告知謝先生。

「嘩，呢個真係未聽過，仲要去咗加拿大嗰邊，睇怕都唔會嚟參加我哋群組啲聚會啦！」謝先生說。

我聞言若有所失地長嘆一口氣，雖說這次的任務不算是商業調查員日常工作，但因是老闆親自交托，我不想剛當上調查員便讓對我另眼相看的高仁先生失望。

「如果謝生你唔介意，可唔可以問下喺加拿大嘅樂隊朋友？」高仁問道。

「都可以呀，頭先相入面嗰個係我以前嘅鼓手，佢都過咗多倫多，有時會同嗰邊嘅老band友搞下聚會，或者會識都唔定。」謝先生說。

謝先生仿如在茫茫大海之中的燈塔，為我指點了一條活路，我不禁連聲感謝，倒教謝先生渾身不自在了。

之後我聯絡上了那位鼓手，報上謝先生的名字及把緣由簡述一次，沒想到鼓手當真認識委託人的父親，然而礙於考慮到個人意願及私隱情況，鼓手不肯透露他如今的聯絡方法。於是在委託人的同意下，我把他的電話和電郵留了給鼓手。至於接下來的事情，則已超越了我們力所能及了。

＊＊＊

這醫生自小與母親相依為命，聽父親遺留的幾張黑膠碟是他們僅有的娛樂，長大後他憑獎學金考進了醫學院，畢業後總算讓母親過回一些好日子。奈何母親沒多久便因病去世，直到母親死後，醫生方在遺物之中找到父親的資料。

小時候，母親告訴醫生，他的爸爸是個樂隊結他手，且早在車禍中喪生，但在母親的舊信件中可見，生父非但未死，更在早年移民加拿大。得知生父尚在生，卻同時發現父親拋妻棄子，醫生只覺百感交集。思前想後良久，他才終決定要尋找生父的下落。

＊＊＊

公司的會議裡放了一部鋪滿了塵埃的 CD 機，謝先生臨行前送了一張舊唱片給我，是六、七十年代著名樂隊的英語合輯，我把唱片放進機內，空無一人的會議室內響起柔和的結他和弦及鼓聲，這時高仁先生走了進來，並在我旁邊坐下。

「我記得我啱啱做調查員嗰時，係立志要解決警察做唔到嘅案件，一心諗住做大事。」高仁說。我望看老闆，茫然不知他言為何意。

「但係後來我發現，無論案件大定細，我哋做嘅嘢都係一樣。盡力反映真相，當你幫助到人嘅時候，就算表面上幾細嘅事，都值得高興。」高仁語重心長說。

然後他告訴了我年輕時在英國投身調查行業的故事，我們就在音樂作背景之中忙裡偷閒。

＊＊＊

話說後來，醫生的父親也連繫了他，兩人失散多年後終再度重逢，努力修補失去了的親情。醫生親臨辦公室向老闆致謝，高仁先生特意把我拉了進去，醫生盛情道謝反尷尬得我滿臉通紅。

客戶離去後，老闆拍了拍我肩膀，那一刻我有點明白老闆早前所說的道理了。

—調查先知—

「點到即止」之必要

在這個案件調查中，梁諾欲從鼓手取得委託人父親的聯絡資訊，鼓手卻一口拒絕了。原來這鼓手與委託人的父親相識多年，在加拿大時經常見面，而當事人早已另有家庭與生活，為免影響他現時的人生，鼓手表示會代為轉告當事人，由他自己決定是否聯絡親生兒子。至此，調查員的工作便告完成。始終有些人與事局外人無法強求或左右，往後發展如何，已超越調查員本身的職責及所能控制的範圍了。「點到即止」並適時抽離，是身為調查員必須要學會的一課。

梁諾 篇

FILE 1.7

「網上偵探」無處不在

〃科技愈來愈先進的今天，許多我們曾以為是神不知鬼不覺的行為，原來竟已能被徹底監察，甚至欺騙的過程都早被一一記錄下來。〃

人總是貪心的，電腦和網絡在我小時候已普及，許多免費資源唾手可得，包括是音樂、影片、遊戲等等，相信很多人都和我一樣，早就產生了網絡等於沒有代價的錯覺。

「科技犯罪」和「知識產權」在近十多年成為重要議題，直至科技愈來愈先進的今天，許多我們曾以為是神不知鬼不覺的行為，原來竟已能被徹底監察，甚至欺騙的過程都早被一一記錄下來。

這次的委託人是一家新創公司，他們經營代購平台，容許用戶在平台上建立自己的銷售渠道，可是最近他們卻飽受投訴，指平台上出現了以假亂真的騙徒，使許多買家蒙受損失，由於是新創立的品牌，平台的形象等同命根一般，所以他們想調查騙徒們的身分，以公司名義為買家們討回公道。

雖然我作為調查員的日子尚短，但已接觸過一些與版權有關的委託，保護版權人利益一向是專業調查公司其中一項主要業務，很多跨國品牌常聘請調查公司追蹤冒牌貨的銷售和生產，以配合海關的打擊行動。

既然委託人經營的是網上平台，前半的調查自然要由資料搜查部的肥虎擔當，他根據買家的投訴和客戶提供的記錄，集中追查其中幾名問題用戶，但在過程之中卻發生了意想不到的插曲。

那一天我和 Jimmy 回到公司和妙姐及其他調查組開會，會議完結後正好看見一臉亢奮的肥虎，平常辦公室內常會聽見肥虎說話的聲音，但今天他異常安靜，甚至連我走到他身旁都絲毫不察覺。

「飛虎哥！」

「嘩！！！」

肥虎嚇得叫了出來，整間辦公室的同事們都望向了這邊。

「咩事呀諾仔！打緊仗呀！」肥虎沒好氣說。

「打咩仗呀飛虎哥，上緊 forum 咋喎！」我笑著指向他的桌面。

這時肥虎的電腦屏幕同時打開了幾個 Facebook 的頁面，桌上的 iPad 和電話則在瀏覽討論區，就算是偷懶也未免偷得太徹底了。

「個客單嘢畀人放咗上 x 登呀！」肥虎白了我一眼說。

我仔細望向討論區，原來有些被騙的買家將事情放了上網上討論區和 Facebook，引來許多網民自發追查騙徒的身分，討論的帖子更是開了一個又一個。

「咁咪正囉！有人幫你查埋喎！」我笑說。

「你都黐線嘅，起錯底炒車點算呀！同埋如果靠佢哋就得，我唔使撈啦！」肥虎瞪著我說。

原來這事巧妙地觸及了肥虎的神經線，他對於自己的能力極具信心，所以不知不覺間竟與網民們較起勁來，一副誓要搶先破案的模樣。

自從網上討論區興起，網民掀起了「起底」文化，常會自告奮勇去追查一些涉及騙財或不道德行為的事件，漸漸形成一種討論區獨有的正義和審判文化，雖然難免有錯判或偏激的例子，將別人私隱於網上公開也甚具爭議性，但「網上偵探」的破案數字仍是不容忽視。

與肥虎不同，網民並沒受過專業訓練，他們依靠的是螞蟻搬家式搜證，每人只負責極小部分的查探，但加起來卻甚具威力，加上人員數目極多，當中總有人能提供關鍵性的線索，例如認識受害者甚或騙徒本人。

當肥虎在比對幾個可疑帳號的時候，網民們正根據騙徒的電話號碼和帳戶名稱搜查過往記錄，但那騙徒明顯是慣犯，留下的電話和帳戶名稱都無跡可尋，大概電話號碼只是一次性的「太空卡」。

我忍不住在手機上追看討論區的調查進度，肥虎則是聚精會神於他的工作。受害者已報海關求助，可是除非騙徒再次犯案被當場捉住，否則單憑現時的線索並不足以查出甚麼。

兩天之後，討論區的帖子已經開到第八個，此時終於出現戲劇性的發展。

一名前受害者現身說法，並提供了騙徒的一張照片。有了照片之後，討論便變得更熱烈，有人從網上找到疑似騙徒的其他照片，甚至有聲稱是騙徒的中學同學參與了討論。

正當我想把進展告訴肥虎時，卻剛好收到了肥虎的電話。

「喂！諾仔！我搵到嗰兩個人啦！你快啲去跟下呀！一陣 send 資料畀你！！」

肥虎聲線沙啞卻極為亢奮，不夠兩秒手機便收到了他傳來的姓名和地址等等。

「嘩虎哥你幾耐冇瞓覺呀？網上面都差唔多搵到嗰個人喎！」我說。

「擺明我快啲啦！通咗兩晚頂呀！仲講！」他激動地應道。

網上的討論日以繼夜，不同網民輪班接力，肥虎獨力進行仍能有過之而無不及，相比之下已足讓他自豪了，但本人卻似乎不太滿意。

肥虎找到的目標人物有兩位，我和 Jimmy 加上另一組調查員各跟蹤一人，兩名目標人物是同黨，他們本身沒有正職，日常生活常會到不同地鐵站進行交收，販賣的物品包括奢侈品、電子產品到家庭用具等，交收的過程被我們拍下，但仍欠缺證明他們出售冒牌貨的關鍵證據。

其中一名目標人物的個人資料被網上公開，討論區的網民找到了他的私人電話號碼，加上連其家人的 Facebook 等也被找出，他因不堪騷擾變得足不出戶。他的同黨便肩負了採購貨物的責任，他晚上獨自到了油麻地，在一暗巷裡進行交收，當中有十數個名牌手袋，提供貨物的兩人也被我和 Jimmy 拍下影片和照片，作日後證據之用。

此時另一組調查員發來訊息，原來網民將騙徒的欺詐行為製成了街招，並張貼在另一名騙徒的住所四周，嚇得本就躲在家裡的目標人物更不敢踏出門外了。

forum

我們將證據全數交予客戶，客戶便通知海關等部門執法，並以公司的名義發出正式通告，指已將問題用戶的犯罪行為交給當局處理。

本來一場公關災難得以避免，那家新創公司更因處理得當贏得不少掌聲，而網民們也因為自己的參與伸張了正義感到雀躍萬分。

我回到辦公室，看見已補眠充足的肥虎在座位上埋頭苦幹，便走過去和他搭話。

「飛虎哥呀，我想問呢，其實你點搵到佢哋嘅電話同地址㗎？」我好奇問道。

「佢哋既然係慣犯，一定喺唔同平台賣過嘢，人始終有惰性㗎啦！啲用戶名只要唔小心喺私人地方用過，咁樣不斷查下查下咪搵到囉！」肥虎隨口應道。

「咁你點知其他用戶名係佢哋用㗎？」我聞言更是不懂。

肥虎沒有答話，他把眼神望向遠方，然後當作沒聽到我的問題。我大感奇怪，可是想了半刻便立即明白了。

「哦！你用咗班巴打搵嘅線索！」我大笑道。

肥虎從座位彈了起來，神情緊張地示意我噤聲，他誇張的表情讓其他同事忍俊不禁，辦公室裡頓時爆出連串大笑。

－調查先知－

香港「電腦罪行」概況

根據官方的統計資料顯示，1993 年警方處理的電腦罪案數目僅 4 宗；到 2000 年，有關數字激增至 368 宗；截至 2016 年飆升至 5,939 宗，由此導致的財產損失高達 23 億港元，破案率則為 13.2%。

隨著電腦、手機及平板等電子設備愈趨普及使用，種種網上購物平台推出，商家紛紛借社交媒體及即時通訊軟件等作招徠，再加上不同電子支付方法的開發及應用，涉及以科技行騙的罪案，日後肯定是有增無減。

網絡安全及科技罪案調查科 (CSTCB) 網頁：
www.police.gov.hk/ppp_tc/04_crime_matters/tcd/tcd.html

梁諾 篇

FILE 1.8

身分可疑的財務總監

//調查報告用作反映現場監視下來的真相，除了有錄影片段或聲帶輔助，其他過程都需要鉅細靡遺記錄下來。//

每隔一段時間，我便與訓練部門主管老羅相談，主要是讓老羅評估我在各個任務上的效率和成果。無論會面多少次，我始終都習慣不了他那凌厲的眼神，尤其當工作上並非處理得很完美，所有心虛或怯弱都會表露無遺。

「你嘅組長阿妙講返你落場做嘢上手好快，亦都好畀心機學習，不過我睇到你做 report 嗰部分仲可以好少少，份報告係畀公司同客戶了解最新情況，所以千祈唔好馬虎，最好有咁仔細寫咁仔細。」老羅淡然說。

調查員的報告用作反映現場監視下來的真相，除了會有錄影片段或聲帶輔助，其他過程都需要鉅細靡遺記錄下來，因為你往往無法預測哪項細節將顯露真相。當調查員交了報告給上司審核後，另一部門便會根據資料撰寫詳盡及正式的報告給予客戶，其嚴謹程度足以作法庭呈堂證供。

而這次老羅審核的案件，便是因職場做事馬虎而起。

＊＊＊

早在兩星期前，某教育中心委託 CI 調查工傷索償。一般而言，有關保險索償的真偽性，多由保險公司委託調查，甚少是由事發的公司提出，當聽畢客戶的因由後，我們才恍然大悟。

教育中心數月前聘請了一位新的財務總監，該名女總監上任後常無故缺席，處理公務也甚為不濟，使公司上下都怨聲載道，就在教育中心決定解僱該名女總監之時，她恰巧提出放產假，教育中心便履行勞工法例讓她放假，待她回來後再和這位總監討論工作崗位的細節。當高層與她講到過去的工作經驗時，她借故去洗手間，然後聲稱在洗手間跌倒受傷，需要放有薪長假。

高層們忍無可忍，決意委託調查公司證明女總監的工傷乃偽造出來，以便將她解僱。這一項任務落在 Jimmy 和我的手上，算起上來我已跟蹤過十來宗與保險相關的案件，對辦案手法已漸熟能生巧。

跟隨慣例，我和 Jimmy 先從目標的覆診日子開始監視，觀察目標會否缺席或出現任何可疑舉動，從早上十時開始我們便在醫院大堂守候，半小時後目標出現，並在丈夫陪同下前往診症。

目標聲稱左手手肘受傷，就眼前所見，她確實把傷患部分穩妥包紮好。

離開醫院後，我們尾隨兩夫婦外出用膳，個多小時後目標便返回住所了。

第一天的跟蹤並沒發現任何可疑之處，但我的既視感又來了。

「Jimmy哥，你覺唔覺目標有少少面善……？」我皺眉說。

「我梗係唔覺啦，點呀，係咪有咩唔妥？」Jimmy已很清楚我特殊的觀察力。

「暫時都好模糊，唔係好講得出，只係好似係邊度見過呢個目標啫。」我說。

「唔緊要啦，照跟住先。」

於是我們跟隨慣例，依舊跟蹤著那目標的日常生活，但目標一切行動都恰如其分，跟蹤了數天也沒有任何不符合其傷患的舉動，唯一可說之處就是她的警覺心頗高，偶然會顯得甚為防範身邊經過的人。

我們如實將所見反映給我們的組長，組長妙姐特意開了個會議，討論這案件該如何處理。

「就咁睇嚟個目標並冇隱瞞自己傷勢？」妙姐問道。

「理論上係，只不過目標嘅行為有少少唔係好自然。」Jimmy說。

「阿諾你有冇見到啲咩奇怪嘅地方？」妙姐轉向我。

「我……覺得我曾經見過呢個目標，同埋同一般受傷嘅人唔同，佢太過強調傷患，反而似特登做畀人睇咁樣。」我說。

妙姐聽畢沉吟不語，她仔細閱讀客戶的檔案，然後和負責與客戶溝通的行銷經理再討論了一次。平常我們調查組不會直接面對客戶，公司裡有行銷部門專職客戶服務，工作進程中的任何報告，都由該部門代為向客戶反映。

「呢位目標似乎知道有人會跟蹤佢，即係話就算佢假受傷，要揭發都需要更長時間同人手。」妙姐說。

小組長妙姐跟隨老闆工作逾十年，經驗豐富的她常能看破案件中的盲點，且平常對調查員總是關懷備至，令人頗有媽媽的感覺。此時妙姐一開口，我和 Jimmy 已知道她想好對策了。

「但係客戶請我哋嘅目的根本唔係想查保險索償，佢只係想炒咗呢位總監，所以我頭先再問多咗一次，客戶果然接受我哋做任何調查，前提係畀到佢合理嘅解僱理由。」妙姐續說道。

「哦？你想做乜調查？」Jimmy 好奇道。

「簡單啲，入職前背景調查。」

該教育中心並沒有對入職人員作任何調查，所以妙姐便提出讓資料搜查部去翻查目標的背景，同時我們仍保持正常的跟蹤工作，看看哪一邊會先查出端倪。

當初教育中心聘請總監一職時，指定求職者需具十年或以上經驗，且有相關的專業資格，目標自稱在另一所國際教育公司任職總監逾十年，亦有該公司發出的推薦信等等。相隔數天，資料搜查部率先找到證據，原來目標提供的推薦信和專業資格都是偽造出來的，客戶不但可立即解僱她，更可從法律途徑追討已發放的薪金。

這位目標一心想從教育中心騙取最多的金錢，卻因態度和行為太惡劣而引致公司反感，否則也不會迫使教育中心查個究竟。但反過來說，若教育中心一開始便做好了背景調查，欺詐也沒法進行得如此順利了。

我們集齊了所有錄影片段，準備寫最後一份報告給予客戶，Jimmy 播放了其中一段在餐廳拍攝的影片，當中錄下了目標人物和她丈夫的閒談，我聽畢目標的聲音後似觸動了記憶中的某塊拼圖，倏然渾身一震望向了 Jimmy。

「嘩咩事呀你！」Jimmy 嚇了一跳説。

「酒樓！」我瞪大雙眼説。

「咩呀，呢度係快餐店嚟㗎……」

「唔係呀！記唔記得之前有單懷疑呃工傷嘅 case，我哋跟到個目標喺酒樓同個可疑人物見面。」我連忙説。

Jimmy 聽完後思考了兩秒，隨即像我一樣般瞪大了雙眼。

那宗案件最後因應客戶要求而無疾而終，當時的目標在酒樓與一男一女同席而坐，被 Jimmy 錄下了疑似合謀欺詐的對話，那女的便是我們這宗案件裡的假總監。

綜合兩案，目標皆隱約表現出對監視行動的留意，現在看來兩人可能都曾受同一神秘人物的指導，所以對保險索償的調查流程瞭如指掌。

我們將發現了的結果上報了公司，老闆對此異常緊張，更立刻召開了高層內部會議。

從此之後，CI 上下收到了一項秘密任務，就是不管調查甚麼案件，都必須加緊留意誰是這一位神秘的「指導者」。

－調查先知－

何謂「入職前背景調查」

「入職前背景調查」（Pre-Employment Screening）是商業調查公司其中一種日常業務，像國際連鎖企業一般都會委託調查公司查證，以確保重要職位的人選所提供的履歷資料誠實可靠。但一般公司往往未有這種做法，最多可能由人事部自行上網搜索或致電向上一間任職公司查詢等等。正式的背景調查主要核實應徵者提供資料的真偽性，例如學歷、過往工作經驗等等，另外還會檢查任何破產、開公司或牽涉訴訟的記錄。

跨國追蹤侵權者

//紅色的士在公路上如入無人之境，即便路面情況如何，與五十米外的目標車輛始終沒拉開過距離。//

「唉！我呢單都好麻煩，依家搵唔到個 target！」

妙姐在桌上攤出了許多照片。

我和 Jimmy 正被分派新的工作，妙姐狀甚痛苦地埋首一大堆文件和照片之中，她已在會議室裡坐了幾個小時，我忍不住偷看她桌上的照片。

「妙姐，呢單我同阿諾會跟緊啲㗎啦，你唔使擔心，我哋約咗梁叔呀！」Jimmy 安慰她說。

我們被分配一宗汽車跟蹤任務，調查員常會因應工作到不同的地方去，如是在跟蹤目標人物之時，更無法預計將會被帶到哪裡。

我和 Jimmy 坐在梁叔的車內，身體正因高速駕駛時的擺動左右搖晃。

梁叔的正職是一名的士司機，他年輕時熱愛賽車，還差點因非法賽車要去坐牢，後來才收心養性正正經經去工作。現在他是CI長期合作的外判「車手」，專門承接需要汽車追蹤的任務，他除了極為熟悉港九新界的道路外，一手駕駛技術更是無人可比。

梁叔經常說，從來沒人能在公主道上勝過他，還特別喜歡邊駕車邊講當年的風光史，但我和Jimmy只神情緊張地捉緊扶手，心裡祈禱能安全坐完這趟車。

紅色的士在公路上如入無人之境，即便路面情況如何，與五十米外的目標車輛始終沒拉開過距離。

汽車搖晃得太強，我只感到胃部一陣翻騰，梁叔在倒後鏡中看見我臉青唇白，竟忍不住笑了出來。

「嘩，坐轉車暈到依家，邊有人坐車會嘔㗎？」梁叔笑說。

本來我還想說甚麼反駁一下，但話到嘴邊還是吞下去算了。

而旁邊的Jimmy也是力不從心，兩人在梁叔的恥笑下好歹捱到了機場。

我們腳步踉蹌，走到機場一號客運大樓，目標人物剛好到了航空公司的櫃台取登機證。

這種情況下我們需要立即向公司匯報，並請示是否繼續跟蹤行動，如果跟蹤目標是關鍵性人物，及再次追蹤的難度太高的話，不論目標前往哪方，我們都必須尾隨而去。

公司確認了行動必須進行下去。

我們連忙買了兩張往上海的機票，在毫無行李準備下跟著目標登機。

那時差不多十二月份，香港氣溫仍然有二十多度，所以我倆只穿著單薄的衣服，但上海已是十度以下的冬天。

甫踏出浦東機場，我們便冷得牙關打顫。

四周的人像看瘋子般望著我們，目標人物去了坐懸磁浮列車，我們保持距離跟在後頭。

由於整個跟蹤過程沒太多閒裕，我們只僅夠時間到櫃員機提取些人民幣現金，一直到了市區，待確認了目標人物下榻的酒店後，我們馬上半滾帶爬的衝去最近的服裝店買外套。

這次的委託案件與冒牌貨品有關。

蘇格蘭一所酒廠每年都會出產特定包裝的威士忌，但近年卻出現防冒的假貨，使品牌形象大受影響，他們聘請跨國調查公司追查假貨來源地，輾轉下發現香港是貨品轉發的中間點，由於老闆高仁先生與外國的調查公司素有交往，案件便被轉介到 CI 來。

我和 Jimmy 跟蹤的目標人物是假酒工場的代理，專門在香港尋找銷售渠道，公司派員假扮台灣客，成功取得兩支假酒樣辦，證實與先前流出海外的假酒樣本相同，所以我們才需要貼身跟蹤著他，希望能找到工場和香港倉庫的位置。

他到了上海後馬不停蹄先後見了幾個人，在觀察的過程中卻讓我發現一些有趣的線索。

「你記唔記得妙姐話另外有單 case 查失蹤貨物？」我問 Jimmy。

「哦……你話庫存啲貨畀人偷出去賣嗰單？做咩呀？」Jimmy 隨口應道。

「個 target 見緊嗰個人，係妙姐嗰單 case 嘅目標之一嚟！」我說。

我們的組長曾談論過另一宗案失去了目標的蹤影，哪知剛好正與我們的目標在餐廳會面，世事充滿奧妙，所謂「物以類聚」，竟在上海讓我同時找到兩宗委託的目標人物。

若不是遇上認臉能力特別強的我，想必那人的行蹤仍然是一個謎。

「真係得你先認得出呀！」

Jimmy 笑著把照片發送給妙姐。

那兩人在談論銷售假酒的合作事宜，我們坐在附近的桌偷偷錄下他們的對話，兩人酒過三巡講話愈來愈沒顧忌，聊天時把假酒生產的地點和香港貨倉位置等，統統說了出來。

個多小時後，兩人搖搖晃晃離開，我和 Jimmy 暗笑著跟在後頭。

這邊的案件順利找到需要的資料，我們便順道幫妙姐跟蹤另一人，將他居住的地點等記錄下來。

第二天，我們發現兩宗案的目標人物不約而同去了醫院，我還以為是甚麼秘密會面場所，Jimmy 進去醫院應診樓層視察，回來後竟笑得彎下了腰。

「兩個酒精中毒，話佢哋擒晚飲咗假酒……」Jimmy 喘著氣說。

賣假酒的中假酒毒，當真是冥冥之中自有主宰。

待目標人物康復回港後，等待他的，便是證據充足的海關拘捕行動了。

「知識產權」的維護

「知識產權」是保障創意和研發的基礎，亦使品牌得以延續發展，冒牌和走私產品一直令很多企業大感頭痛，而香港更一直是不同國家翻版商品的運輸中間點，從電子產品、奢侈品、化妝品、藥物到各種日常用品，都有鋌而走險者企圖以不法渠道走私到世界各地，許多跨國集團都會聘請調查公司追蹤冒牌產業，以保護版權持有人的利益。

冒牌貨品有其產業鏈，根據其他案例的經驗，首先貨品會從內地或東南亞的工場製造，利用走私途徑運送至香港或其他中間點，由當地的代理人聯絡和尋找買家，並秘密分銷往世界各地。若是一般的服裝鞋履仿冒品，簡單的代理和速遞已能構成產業鏈，由於市場上工場和代理太多，使追查難度大為提高。有些規模較小的品牌飽受冒牌問題困擾，除了通報海關外便不知該如何處理，相對大型品牌經驗豐富，便會使用調查公司搜集證據，打擊盜版產業。

知識產權署網站：
www.ipd.gov.hk/chi/home.htm

香港海關網站：
www.customs.gov.hk/tc/home/index.html

一次「簡單」的任務

//將傳票送遞至被告乃基於法律公平原則，假如被告郵遞地址已非日常聯絡地址，傳票無法送達，便可引致訴訟程序失效。//

正所謂偷得浮生半日閒，提早下班是許多打工仔的「小確幸」，彷彿額外多了半天假。

「阿諾，你聽日同 Jimmy 去機場派張傳票呀，派完就可以收工啦。」小組長妙姐說。

「嘩！正呀，我順便出去買隻 game 先！」我聞言喜道。

「咪成日掛住打機啦，聽日記得著多件衫呀，朝早可能有啲凍㗎！」妙姐叮囑道。

我掛掉電話後，產生了額外多出個媽媽的錯覺，小組長妙姐接了一次「簡單」的任務，Jimmy 和我被派往機場等待目標的出現，並將傳票交到他的手上。

要使一場訴訟得以開始，原告人必須首先向法庭申請發出「傳訊令狀」(writ of summons) 或「原訴傳票」(originating summons)，並將該文件送達至被告人，即俗稱的「法庭傳票」或「法庭告票」。

調查公司其中一項業務與律師樓相關，由於原告人需要向法庭提供被告的姓名和地址，及將傳票準確當面交到被告手上（除非該項訴訟並不需要辯護律師），律師樓會將難以處理的傳票交遞外判給調查公司，以協助尋找被告匿藏地點。

將傳票送遞至被告乃基於法律公平原則，假如被告郵遞地址已非日常聯絡地址，傳票無法送達，便可引致訴訟程序失效，所以當面把傳票交付到被告手上是較穩妥的方法。

＊＊＊

此刻，我和 Jimmy 各待在機場 A、B 接機處。

照片上的目標是個中年男人，平頭裝小眼睛倒算容易辨認，加上肥虎特別找出了他的 Facebook 私人相簿，除非目標故意喬裝，否則我們會看漏眼的機會率非常低。

「做完呢單，晏啲好似冇其他行動喎。」Jimmy 隔著電話說。

我們調查員在行動時會配備通訊專用的智能電話，全程都保持通話，那電話的型號更是特意挑選，充滿電可以支撐數天的使用。

「係呀，妙姐話今日會早啲收工呀！」我說。

「希望冇乜意外，交埋 report 可以走得。」

我們盯著出口來往的人，哪知道目標居然真的喬了裝。

Jimmy 在 A 出口看見一個戴著帽子滿頭長髮的眼鏡男走了出來，五官眼神與目標都頗為相似，但他變裝的程度令 Jimmy 大感吃不準，於是他把我叫了過去幫忙一起觀察。

「應該係佢啦，佢步姿同埋個袋都一模一樣。」我看了一會後説。

畢竟我認人的方式與一般人不同，有了這根定心針，Jimmy 點點頭，並拿了傳票走近目標，喚出其姓名並準備執行交遞傳票的程序。

目標被 Jimmy 呼叫全名後一臉錯愕，且隨即否認是本人，並急步離開了現場。

由於對方的裝扮外表與日常照片完全不同，Jimmy 認為法官有機會不接受，所以他決定先放目標離去。

Jimmy 相信我的觀察力，於是帶著我跟蹤那位長髮男人。

我們的汽車尾隨他乘坐的房車到了中環商業區，那男人下車後與一女人會面。

「嗰個咪係目標個老婆？」我指著照片説。

連同這樣的證據，目標可沒辦法抵賴了。

最諷刺的是，兩夫妻竟然剛好約在委託是次任務的客戶的辦公室大樓，Jimmy 見狀馬上通知公司，由客戶經理向客戶報告情況，我倆則先去完成派傳票的工作。

最終傳票交到了目標的手上，客戶公司的代表律師也來到了現場，雙方更在商業大樓的招待處爭吵不停。

我們的任務只是送達傳票，這種吵鬧場面更是避之則吉。

本來這簡單工作該算告一段落，我們打算回辦公室向小組長報告任務情況後便提早下班。

哪知道，一進辦公室，便看見老闆和所有高層、小組長同室的壯觀場面。

「唉……」

Jimmy 長嘆一口氣。

「做咩呀？交完 report 咪走得囉！」我說。

「我上次見到呢個畫面，結果開咗兩個禮拜 OT……」Jimmy 望向我說。

妙姐甫看見我們，便示意我們進去，當著老闆和其他組長面前作任務簡報，果然提早下班的美夢告吹，後來事情更發展得愈來愈誇張。

話說客戶在香港控告該位目標，並欲申請禁制令阻止對方離境，背後原來牽涉了一宗商業機密的盜竊案。

客戶是一所國際知名的製藥公司，目標曾於美國總部工作，離職時偷取了獨家配方資料，並打算到內地轉售圖利，總部方面已立即向國際刑警求助，且正等待拘捕令抵達香港，所以在此之前，客戶必須想盡辦法強制把目標留在香港。

奈何國際刑警的行動比預期延遲了，兼且目標手持的資料實在太重要，迫使客戶中途才向老闆披露事件所有詳情，並表示願意不惜一切代價，只求公司能全天候監視香港所有離境關口，防止目標逃走。

我和 Jimmy 撞見的，便是老闆高仁召集了全港所有地區小組長作的緊急會議。

本來封鎖關口和對目標作長期監視並非不可能的任務，奈何客戶中途才變卦，事前又未提及任何詳情，使任務難度變得極高。

一般若要對特定目標作長期監視，盡可能調查人員都不可讓目標察覺到正受到監控，但派傳票的行動已暴露了調查人員的存在，目標定會更加謹慎地隱藏行蹤。

綜合海陸空所有離境區，香港共有十二個出入境管制站，在客戶的要求下，公司必須調配人手廿四小時監察所有關口，防止目標從任何一處逃離香港，兼且需要調查人員的隊伍貼身跟蹤目標，以便隨時通知駐守管制站的隊員。

任務的龐大程度，使得全公司所有區域的調查隊伍都需要加入。

緊急會議商討後，高仁更向相熟的專業保安公司借用了額外的駐守人員，行動的總人員超過一百名，即使不把輪班人數計算在內，每一個時刻的人員數目也在七十人左右。

是次行動人數龐大，公司高層定下各種安排後，由每一區的經理負責管理各自轄下隊伍的行動，並由小組長們輪班統率各調查隊伍。

我和 Jimmy 自然無法倖免，說好的提早下班演變成全天候的監視行動。

我倆再到達機場，守在一號客運大樓的離境禁區入口，與另外數隊人員在每天數以萬計的人流中防止目標外逃。

機場一、二號客運大樓的離境處各安設了駐守監視的外借人員，我和 Jimmy 等調查員則在大樓內不停巡邏及監視。

由於每個離境口岸的設計不一，像皇崗這種結合私家車和一般步行使用的離境處，便需要額外的人手，整間公司的調查員日以繼夜、夜以繼日執行任務，我和 Jimmy 都不知看了多少次機場停機坪的日出。

其中一晚，目標的妻子曾試圖從機場離境，我們相信她身上帶著那獨家配方，雖然我們把她認了出來，但調查員並無權力禁止任何人進出，我們只能嘗試以間接的方式「勸止」對方。

離境

西橋 (WEST BRIDGE)
海

「請問你係咪ＸＸＸ女士？」

Jimmy 和我站了在她面前。

她沒多久便認出我們是負責送傳票的調查員，然後 Jimmy 煞有介事地慢動作拿一張紙出來，裝作是法庭傳票，嚇得她連飛機都不坐，便調頭跑離了客運大樓。

我和 Jimmy 相視苦笑。

雖說暫時嚇跑了她，但任務若再拖下去，別說難度只會愈來愈高，對我們調查員的身心考驗，也是相當艱鉅。

任務在耗了近三星期後，正式的拘捕令終於下達，目標最終被緝拿歸案。

聽說客戶對我們所有隊伍的表現都極為讚賞，香港分公司的總經理更專程送了一大堆美食、蛋糕和水果到辦公室。

不過，聽接待處姐姐說，最後食物全都吃不下，被老闆送了去慈善機構，因為所有調查員在完成剩餘的工作後都放了幾天的補眠假期，我更是一連睡了差不多二十小時。

只希望，以後都別要再接到如此「簡單」的任務了。

－調查先知－

交遞傳票的正式程序

交遞傳票的任務，有以下幾項基本程序：

1. 事前先搜集目標的照片，以作輔助證明收到傳票的乃是本人無誤；
2. 整個傳遞過程都需要被拍攝下來；
3. 當呼喚被傳召人的姓名時，對方有給予合理的反應；
4. 傳票需要接觸到目標的身體方可算是完成了程序；
5. 事後負責送出傳票的調查員，需要作出宣誓，並將影片和交付對象的照片一併交給法庭，最後由法官定奪是否接納。

在美國設有專門執行交遞傳票任務的專業資格機構：
Process Service of America：www.processamerica.com

合夥人的合夥詐騙人

// 詐騙案的調查由於較為繁複，且涉及搜尋相關的證人或證物，一般都需要跨部門合作。//

日本一套名為《詐欺獵人》的漫畫，描繪了社會上各式各樣的欺詐事件，情報販賣、欺詐師種類等的橋段都非常引人入勝，漫畫雖有誇張渲染，卻也不失真實成分，至少騙徒的手法層出不窮，這是不容置疑的。

香港詐騙案是每年警方公布的重要數字，二零一七年香港詐騙案數字錄得 7,091 宗，較二零一六年下跌 2.3%，雖然整體詐騙案下跌，然而每年涉案的金額仍數以億元計。

公司其中一種業務，是代客戶調查及搜集詐騙案的證據，以作為提告或報案的依據。社會上詐騙事件何其多，由於缺乏相關法律知識，許多受害者都不知道能靠調查公司追查損失。

這次的案件屬於我和 Jimmy 的轄區，妙姐了解過性質後便把此案交由我倆負責。

委託此案的客戶，是一名初投身飲食業的投資者，他認識了日式餐飲界的老行尊，並與他合夥開設新的壽司店，剛好在我家附近的一間壽司餐廳想出售業務，該位客戶便投資了約二百萬港元作頂讓費及裝修費。殊不知兩星期過後，合夥人聲稱資金已經耗光，並提供單據要求客戶再度注資，客戶感到事有蹺蹊，便委託了我們調查當中是否有詐。

詐騙案的調查由於較為繁複，且涉及搜尋相關的證人或證物，一般都需要跨部門合作。

在我和 Jimmy 行動之前，資料搜查部的肥虎首先負責核實客戶提供的基本訊息，例如其合夥人的身分、日本餐廳的前任店主等等，然後法律部會仔細閱讀該餐廳轉讓的文件和合夥人提供的裝修單據。

在我和 Jimmy 未展開工作前，公司的其他部門已為我們縮窄了三個調查方向——其一是在生意轉讓過程中收取了中介費的中間人；其二是提供單據的裝修公司，其三則是日本餐廳的上任東主。

於是我便和 Jimmy 兵分兩路，嘗試確定是次買賣是否存在詐騙，若果真是騙案，則牽涉在內的同黨到底有多少。

該即將出讓的餐廳開在我家附近，我和家人常去用餐，所以與店東算是相識，順理成章我便去了接觸這餐廳的上任東主。

那位東主一看見我便熱情招待，我裝作對餐廳易手一事所知並不多，以測試他對我提問的反應及核對他提供資料的真偽性。

談了一會兒後，我發現他並沒任何隱瞞或矇騙，關於買賣雙方的資料都完全符合公司搜查的結果，於是我坦白把調查員的工作告知了他，當話題轉為疑似被合夥人騙財的客戶時，這位東主便打開了重要的話匣子。

「老實講呀，我見過佢幾次，都覺得唔係好對路㗎嘞！開公司要整BR（商業登記證）、餐廳要有咩文件呢啲基本嘢，佢十問九唔識，嗰個生意拍檔又講啲唔講啲咁，反而要我講返畀佢知，肯定有古惑啦！」東主嘆道。

「咁樣呀？我聽講話佢哋頂你間餐廳仲要使好多錢去裝修添喎！」我打蛇隨棍上說。

「裝修？我呢度三兩年前先翻新過仲咁新淨，佢都係睇中呢點先買咋，冇理由大裝㗎！」

東主聞言更是猛力搖頭。

「咁可能真係有啲古怪喎！係嘞，聽講佢哋仲有個中間人幫手傾呢單生意，老細你識唔識佢？」我續問道。

「中間人？冇呢個人喎，不嬲都係嗰個生意拍檔同我傾咋。」

東主聽畢一臉茫然。

至此，我已大概掌握了客戶被騙的經過。

主要提供資金的客戶，本身毫不熟悉餐廳運作及買賣事宜，那合夥人看準此點，以虛假的單據騙取了所有資金。

既然了解行騙的手法，我們接下來的工作便是收集證據，東主提供了許多寶貴的資訊，臨離開前我由衷地向他表達感謝之意。

「阿仔，你講嘢同眼神都比起以前開朗好多，睇嚟呢份工好啱你喎，畀心機呀！」

EXIT出口
CHEATING HUNTER

東主笑著拍了拍我肩膀。

我臉上一熱，訕訕地點了點頭。

踏出店門後，我便與 Jimmy 通了電話，把現時的收穫告訴他。

Jimmy 調查了那間裝修公司，發現商業登記冊上該公司並非從事裝修服務業，於是 Jimmy 裝作普通客戶聯絡了單據上的公司電話，聲稱需要裝修報價，哪知道對方卻表示 Jimmy 打錯了號碼，自己並非裝修公司云云。

為了保險起見，我們找了一位專業的裝修師傅，並請他到現場視察一遍，以核對裝修單據上收費條目的真實性。

結果不出所料，報價單上所有項目都不正確，師傅甚至肯定書寫單據上用語字眼的根本不是行內人士。

我們得到了前任東主的證詞和虛假裝修公司的證據，基本上已可向客戶作簡要的報告，但在此之前，我和 Jimmy 決定把騙徒的真正身分也一併查出。

客戶提供了合夥人的基本聯絡資料，搜查部肥虎發現他確實經營過日式餐廳，記錄上也沒甚麼不妥，我們在那合夥人的居所附近留守，並跟蹤了他數天，觀察一下他在開設新餐廳期間會與甚麼人會面。

肥虎在社交媒體上將他「起底」，原來這位合夥人本身並非日式餐飲界的老行尊，但他的堂兄便是常活躍於電視台和報章雜誌的日式連鎖餐廳老闆。

那合夥人開車從寓所離開，在九龍兜了一大圈後到了某間僻靜的咖啡室，進店前還煞有介事的左右顧盼，半小時後才低著頭走出來。

「佢肯定見過咩人，我哋留喺度等。」Jimmy說。

我也是同樣想法，這間咖啡室只有一個出入口，店內並沒多少客人，在那合夥人離去的數分鐘後，一個穿得相當體面的中年男人步出，我的既視感又再襲來。

在我的視點角度，不論對方如何改變造型，只要是同一人，總難掩飾所有身體或五官的特徵。

Jimmy看見我的模樣，已知道是我的觀察力響起了警號，他沒有打擾我，而是默默跟蹤著那西裝筆挺的男人。

我腦裡模糊的影像漸變得清晰，倏然渾身一震，已想起那男人是誰。

兩三分鐘後，Jimmy一臉頹喪回到咖啡室店外。

「撞鬼，跟唔夠兩個街口就跟甩咗，呢個人定鬼嚟㗎?!」他搖頭嘆道。

「我認得呢個人呀！佢就係教工人呃保險同個女人呃工傷嗰個！」我瞪大雙眼說。

Jimmy不禁臉泛驚詫之色，我倆急忙把事情告知組長妙姐，由她向老闆匯報。

這趟委託已經完成，當完整的報告交到客戶手上時，行騙者的身分背景、行騙手法和各種證據都已清楚列明，負責製作最終報告的部門根據我們調查的結果編輯了法律文件，客戶可直接委託律師將資料呈堂予法庭審議。

兩天後，老闆把我召了回去，他找來一位警隊臉部掃描的專家，著我把那神秘人的臉容描述出來。

當畫像完成後，高仁先生拿上手端詳良久，臉上的神情複雜得很。

「唔該晒你，阿諾。」

老闆勉強擠出個微笑。

我點點頭便識相退了出去。

直覺告訴我，高仁先生說不定認識那位神秘人。

－調查先知－

猛虎不及地頭蟲

電影裡常看見特務跨國調查案件，不論到世界哪個角落，都能以英語暢通無阻地執行任務。然而，現實生活之中，俗語所謂「猛虎不及地頭蟲」才是實情。

一些跨國集團委託調查公司時，確實或有需要前往別的國家執行任務。當然，能掌握及熟悉該地區的特點，對調查一定事半功倍，所以調查公司都會善用地區人材，例如熟悉當地環境、道路、地方文化及特定語言等。

須知道，不論身手、頭腦如何出色，單單語言講不通，就足已令任務失敗啦！

神秘露出的商探隊友

〃她的工作更類近於電影裡的間諜，除了要神不知鬼不覺地拿取資料外，還必須將所有現場細節還原，以免引起目標的疑心。〃

公司有一名神秘員工，在這次任務之前，我只見過她一次。

某家在香港和澳門經營賽車公司的客戶委託 CI 調查內部的欺詐行為，客戶發現帳目出現異常，某些金額有被改動過的痕跡，更有贊助商被撬走。

若果公司規模不算太大，通常這種內部事件都與合夥人或高級人員有關。妙姐首先便著我和 Jimmy 留意客戶的合夥人。

那名合夥人是外國人，專門負責與歐美承辦商和贊助商等談生意，所以嫌疑最大。

肥虎作了基本的背景調查，那合夥人從美國來，從事賽車相關工作已有八年，倒不是職業詐騙犯，以前效力的公司也查不出甚麼不良記錄。那美國人每天的行程大半時間都不在辦公室，除了與不同贊助商會談外，他最常待在青衣的一間咖啡店，我和 Jimmy 仔細觀察他每日的行為，嘗試從中找出較異常的地方。

「點呀，有冇咩唔妥？」Jimmy 問道。

我們拍檔了好一段日子，他對於我的判斷也愈來愈有信心。

「咪成日喺度蛇王打機囉，其他都冇乜特別，亦都唔見有咩可疑人揾佢。」我說。

Jimmy 點點頭，並將情況與妙姐報告。當我們無法找到目標明顯的可疑行為時，為了有效分配人手，調查員的組長可能會選擇別的行動方式，例如客戶告訴我們，那合夥人常會買賣 Bit Coin 等虛擬貨幣，一切重要資料也儲存在他隨身攜帶的手提電腦內，若能讀取其電腦內的資料，相信可收集到有關的證據。

為了不打草驚蛇，我們不建議客戶從任何途徑取去那合夥人的電腦，否則若讓他連夜離境，客戶被騙取的金額便沒那麼容易取回來。

「冇喋啦，呢個時候都係揾 Sandy 幫手。」妙姐聽畢我們的報告後說。

「Sandy……？」我完全想不起有這一號人物。

「公司負責電腦鑑證嗰個 Sandy 呀。」Jimmy 解釋說。

我聞得電腦鑑證後疑惑更大，剛入職時我常以為肥虎就等同電腦部，但原來他只負責作背景資料的搜查，即一般人認知的「起底」。當涉及專業的資訊科技鑑證時，公司另設有一電腦鑑證部門，但內裡的同僚卻是神龍見首不見尾，至少我到現在都沒能搞得清 Sandy 是誰。

與肥虎的工作截然不同，Sandy 屬於行動組成員，常需要擷取目標人物電腦內的資料。她會跟隨調查員一起行動，當調查員製造出潛入的空檔後，她便會用各種方式接近目標的電腦，分析和複製與案情相關的檔案，簡直就像電影裡的特工。

妙姐安排好任務後，Sandy 便與我們一起開會討論行動細節。她理著一頭短髮，打扮和談吐都更似一個男孩。她仔細核對過所有任務內容後，向我們問明了每一項可能存在的風險，例如那合夥人對電腦的使用習慣等等，處事極為小心謹慎，絕不像一般人對 IT 專員的印象。

第二天下午，客戶跟隨我們的指示約了合夥人回辦公室見面，相談一會後，兩人結伴到附近的酒吧喝酒，那合夥人的電腦則被遺留在辦公室內。

我跟著那二人到了酒吧門外把風，以便隨時通知 Sandy 兩人的去向，而 Jimmy 則待在辦公大樓附近，有個萬一時便由他來拖延時間。

Sandy 穿了一身便裝，戴著眼鏡甚不起眼地混進了辦公大樓內，她拿著客戶提供的員工卡，讓她可以進出電梯和辦公室。時間大約有半小時，Sandy 攜帶了複製手提電腦硬碟的裝置，將那合夥人的資料完整地抄一份出來，需時二十分鐘左右。

她的工作更類近於電影裡的間諜，除了要神不知鬼不覺地拿取資料外，還必須將所有現場細節還原，以免引起目標的疑心，例如屏幕上的灰塵、水杯的擺放位置等等，要在極短時間內完成如此多的工序，電腦鑑證專員除了心思縝密外，也必須手腳俐落。

就在目標與客戶一同進入酒吧的十五分鐘後，那名合夥人突然匆匆離開，比原定時間早了近一半，我見狀頭皮發麻，連忙在電話上通知 Sandy 和 Jimmy。

客戶說那名合夥人把電話忘了在辦公室內，所以急欲想取回，客戶攔他不住。我跟在目標背後，大概不到兩分鐘便會到達辦公大樓。

就在目標快踏進大樓內時，Jimmy 突然殺出，一杯咖啡倒了在目標的背上。

「OH MY GOD! I'm so sorry!（天啊！真對不起！）」Jimmy 叫道。

「What the......Gosh, thank god it's not hot coffee!（搞甚麼……還好這不是燙咖啡！）」目標皺眉說。

「I'm sorry, please let me.....let me clean it......（對不起，請讓我來清潔……）」Jimmy 邊說邊去脫目標的外套。

他不斷連連道歉，並執意要脫掉目標的外套，說要幫他拿去乾洗店，目標當然不想在街上與他糾纏，兩人又脫又不脫的擾攘了數分鐘，Sandy 的身影便剛好在辦公大樓的側門出現。

「搞掂啦，叫佢畀返件衫人啦！」Sandy 見狀失笑說。

既知 Sandy 得手，Jimmy 馬上放走了目標，也幸好 Sandy 動作迅速，剛好在目標起疑之前完成了任務。

返回公司後，Sandy 對資料進行分析，結果當真找到了目標偷取資金和贊助商的證據，使客戶能成功起訴該名美國人。

近距離欣賞了 Sandy 忍者級數的表現後，我有滿肚子的問題想向她請教，哪知道甫作完是次任務的報告，Sandy 的身影便在辦公室中消失了，教我怎樣都找不到她。

「Sandy 放工同佢返工一樣，係神不知鬼不覺嘅！」Jimmy 笑說。

－調查先知－

電腦鑑證基本功

專業的調查公司在提取電腦資料時會複製兩份，一份為「Seal Copy（密封副本）」，另一份則為「Work Copy（調查副本）」，用意是讓法庭參考，證明當中不存在任何人為改動資料的痕跡，一切調查都是基於原本的檔案內容進行。

電腦鑑證是一門專業學科，香港亦有相關的課程，除了要熟悉電腦使用技巧及原理，電腦鑑證亦涉及計算方法、資料搜尋、檔案簽名、資料恢復等題目，海外認證的專業資格為 Certified Computer Forensics Examiner（CCFE）及 Certified Cyber Forensics Professional（CCFP），有興趣投身行業不妨參考有關資料。

難為正邪定分界

〃「誠信，我認為係正義嘅基礎，無論出發點係乜嘢，商業世界裡面有違誠信嘅事都唔應該存在。」〃

何謂「正義」？究竟該從動機、手段，還是結果去衡量？

譬如我一心維護權益，卻反而導致所有人損失；或我用盜竊手段去揭露真相；又或我本是立心不良，最後意外反映了真相，使得正義得到彰顯……

隨著我學習成為商探的日子愈來愈長，這問題都一直困擾著我，尤其有些案件不是非黑即白，即使與 Jimmy 討論都難以得出結果，像這一次的案件便是如此。

＊＊＊

妙姐與我在辦公室碰面，最近 Jimmy 放長假，有些工作她便會親自與我拍檔。

她跟隨老闆逾十年，許多處理案件的方法都令我獲益良多，而且一男一女在行動上較為方便，沒那麼容易令人起疑。

「我查過啦，呢間連鎖店喺香港總共有九間專門店、七個百貨公司專櫃，其他嘅店鋪屬於代理嗰一邊，兩邊員工各自分開聘請。」妙姐拿出一份排列整齊的文件夾。

這次的客戶是一間知名化妝品公司，零售店網絡遍布香港，最近網上出現許多有關該公司產品的謠言，例如產品廠房由外國轉到中國大陸、特價促銷夾雜了過期或品質欠佳的次貨、為推銷新產品而故意將其他熱賣品下架等等。

客戶懷疑消息是由內部員工洩漏，甚至可能是競爭對手所為，故委託我們代為調查。

由於消息發布的渠道是 Facebook 的群組，除了妙姐和我會作前線調查，資料搜查部的肥虎也被委以重任，嘗試從群組裡找出線索。

「飛虎哥，將放料嗰個人『起底』咪得囉？」我對肥虎如何辦案興致勃勃。

「你估啲人傻㗎？梗係用假帳戶啦！直線自爆咩！」肥虎笑道。

「咁群組入面幾百人，點知邊個係真、邊個係假……」我咋舌道。

「你見爆料嘅嚟嚟去去都係嗰兩三個，入佢哋 profile 相又冇乜，朋友又得咁少，一睇就知假㗎啦！」肥虎說。

他左手按鍵盤右手控滑鼠，飛快地切換各種不同的頁面，全神貫注仔細讀每一個洩漏客戶內部資料的內容。

大概一個小時之後，他整理出一份表格，上面列出每次洩密帖子在群組裡出現的間隔、時間、讚好及分享人數等等，然後他指了其中兩三個人出來。

「呢幾個人最可疑，你哋由呢度開始查就啱喋啦！」肥虎說。

妙姐見狀抄下了那幾個人的姓名，然後去對照客戶的員工表，但我仍然對肥虎的工作很感興趣。

「我想問呢，你頭先係咪搵緊幾個 post 入面有咩人分享或者 like 過，睇下有咩共通嘅人？」我問道。

肥虎投來一個讚賞的目光，他常說我很適合比對細微的資料，所以有機會也樂於分享他的工作要訣，然後將幾個月前的洩密帖子打開，並指著分享內容的用戶列表。

「要令到更多人睇到呢個 post，就唔可以淨係靠假用戶，需要搵啲真正嘅人分享出去先可以增加覆蓋率，而呢幾個人每次個 post 出咗唔夠兩分鐘就即刻分享，其中一個仲係另一間化妝品公司嘅員工，夠晒可疑啦！」肥虎說。

我對於網絡「起底」極有興趣，奈何妙姐已經查好其中兩人的資料，未待我再請教肥虎便一把拉著我離開公司。

我們坐地鐵到了一商場，妙姐在手機裡傳送了幾個人的照片給我，著我先把那些臉孔記熟。

「個客對照肥虎搵到嗰三個人，發現有兩個以前曾經喺佢哋公司做過，仲問到佢哋依家工作緊嘅地點，我相信佢哋仲有同一啲客戶嘅員工聯絡，從中得到佢哋內部嘅敏感資料。」妙姐說。

我和妙姐各自盯著一個目標，發覺那二人確實私交甚篤，經常一起溜到後巷抽煙。

由於當日是星期五，店鋪頗晚才關門，且關門後還需要整理貨件，待二人正式下班時已近深夜，但兩人卻沒有即時回家，反而是到了附近某大廈。我們尾隨而去，發現他們到了某樓層的住宅單位。

我們留守附近盯梢，並由肥虎的部門翻查那單位的資料，相信單位是由數人一同租下，用途是遇著下班時間太晚，便作為留宿休息處。

「阿諾，你試下認住出入嗰個單位嘅人，再對下員工名單睇下搵唔搵到。」妙姐叮囑道。

我嘴上答應，但內心卻另有想法。

在調查的過程中，我不斷翻看客戶的資料和網上群組的留言，發覺那些指控多為事實，洩漏者的動機非為個人利益，而是因為看不過眼公司蒙騙消費者、甚至刻薄員工之故。

我的腦海裡被那些留言淹沒，心裡產生正在助紂為虐的感覺，使我無法集中精神，久久都沒能觀察出甚麼。

妙姐似是發現了我的異狀，她沒有呵責我，反是著我先去休息一下。

等待良久後，兩名穿著客戶店裡制服的人進入了單位，更被妙姐拍下了照片。

既然知道資料洩漏的途徑，接下來便是提供證據。

妙姐著客戶貼出一些特製的內部告示，表面上每間分店的告示內容一模一樣，但我們在紙張的角落處留下了標記，可以藉此分辨出貼自哪間零售店，而且通告只會在特定時間張貼，以將接觸到告示的輪班員工區分開來。

兩天後，該群組果真出現了那張通告的照片，肥虎記錄了帖文出現的時間，客戶便根據時間和地點翻查零售店的閉路電視，找到了那位偷拍通告的員工。

調查之下，客戶的內部資料確實是被該名員工洩漏，那名員工被解僱後在網上發表了一篇文章，指出過去數年化妝品公司的銷售方針使前線人員疲於奔命，而產品的質素每況愈下，使顧客對品牌的觀感愈來愈差，但高層卻將責任推在零售店身上，認為是銷售員服務態度欠佳。

這篇文章像一把鐵錘擊中我的胸口，使我對自己的工作疑惑起來。自從跟進這案子後備受思想困擾，大概我的表現實在太差勁，連高仁先生都忍不住召見了我。

我坐在老闆的房間裡，心裡忐忑不安，不知會被如何發落。

「點呀，阿妙話你好似有啲唔開心喎？」老闆問道。

我不知如何表達心裡的不安，唯有違心地搖搖頭。

「係咪覺得，雖然嗰個人用嘅手段唔啱，但係佢都算係做緊一件正義嘅事，反而幫個客好似助紂為虐咁？」

老闆講出了我內心的想法，我茫然點頭，然後老闆臉上掛起微笑。

「以前有個朋友同我講，呢個世界冇絕對嘅正義，依家睇嚟我哋嘅社會都係咁，好多人用錯嘅手段去做啱嘅事，用啱嘅手段去做錯嘅事。」老闆續說道。

「我……我只係覺得，如果只係企喺財團或者企業呢邊，有時做嘅嘢會唔係好正確咁……」我鼓起勇氣說。

「我以前覺得商探嘅存在，就係為咗填補社會上嘅不公，所以先會自己出嚟開呢間公司，因為我想做一間可以貫徹我相信嘅正義嘅調查公司，只要同我諗法有牴觸嘅生意，我都唔會做。」老闆說。

公司的辦公室裡張貼了一張海報，那是每一名入職的員工都需要認識的公司理念。

「誠信，我認為係正義嘅基礎，無論出發點係乜嘢，商業世界裡面有違誠信嘅事都唔應該存在，」高仁先生定睛看著我，續道：「所以個員工覺得公司有違誠信而去揭發佢，令到品牌聲譽受影響，但係佢都因為違背誠信而受到懲罰，所有事其實都係同一個道理。」

我倒沒從這角度思考過，聞得老闆的話，不禁陷入沉思。

「但係呢個只係我嘅答案，如果你都認同商探呢份工作，你就要去搵出你自己相信嘅正義係乜嘢。」

老闆講完後送給我一本書，說可能會讓我得到啟發。

那是由前FBI所寫，有關情報工作及調查技巧的書籍，作者的名字是約翰．威廉斯。

我離開房間後，妙姐意有所指地對著我微笑，後來她告訴我，老闆這番說話過去只跟三個人講過，我、妙姐、和老闆一位失聯多年的友人。

究竟我的正義是甚麼？

高仁先生讓我陷進思考，希望手中的書能夠帶給我答案吧。

XX化妝品公司
爆料區

－調查先知－

犯罪心理學經典讀本

在篇末提及到的前 FBI 作者約翰．威廉斯，是本書故事的重要角色人物之一（他將在第二部分「高仁篇」登場）。而在現實之中，的確也真的有一位前 FBI 探員約翰．道格拉斯（John Douglas）寫過多部犯罪題材的書籍。

這位約翰．道格拉斯曾任職聯邦調查局（FBI）長達二十五年，是美國頂尖的罪犯人格剖繪專家，也是現代罪犯調查分析的開拓者。他組織了第一支對連環殺人犯造案手法及動機的系統研究小組，幫助美國及世界各地警察對比疑犯特徵，從而偵破許多重大刑案，例如他曾歸納出殺人慣犯本身有「尿床」、「虐待小動物」及「玩火」三大特徵（即「殺人進程三部曲」）。約翰．道格拉斯於 1995 年退休後，著寫了 *Mindhunter: Inside the FBI's Elite Serial Crime Unit*（中譯《破案神探》）一書，成為犯罪心理學的經典讀本之一。有興趣的讀者，可以找來看看。

等待「候鳥」歸來

//「呢個人曾經受過專業訓練，所以香港唔係好多人能夠捕捉到佢嘅行蹤，但係我真係好想盡快見到佢……」//

高仁先生是個工作狂，無論大小案件他都會盡量了解，雖然他已沒到前線進行調查工作，但他仍常參與全港案件的統籌，每次到辦公室時都會看見他正與不同小隊的隊長開會討論。他處事一向淡然自若，不過最近我卻發現他情緒緊繃，常獨自在房間內對著一大堆資料。

由於老闆是我的伯樂，兼且他常樂於教導我，所以我一直都希望能報答他的知遇之恩。我向妙姐打聽過老闆正在調查甚麼案件，妙姐卻沒有直面回答我，只說是與老闆的私事有關。沒多久我便被其他工作淹沒了，也沒甚麼時間去多想這件事。直至某一天，老闆找了我和妙姐到公司附近的咖啡店，他的神色凝重，直覺告訴我是關於最近煩擾著他的事情。

「阿諾，我有一件事想搵你幫手，但因為係機密，你唔可以同其他人講起，當然唔一定要幫忙啦，我亦都唔係一個小器嘅方丈。」老闆半帶笑意說。

老闆這樣說，我反而更難以推搪，再說我本來也對這事情頗具興趣。

「高生，只要唔係出賣肉體我都冇問題㗎。」我打趣說。

「死啦，學埋 Jimmy 仔啲衰嘢。」老闆笑罵道，妙姐在旁也忍俊不禁。

高仁先生將一張圖片遞給我，那便是上次根據我的形容而繪畫出來的人臉，主角便是多次出現在欺詐案件中的神秘幕後人。

「我用盡我嘅人脈都冇辦法搵到佢，呢個人曾經受過專業訓練，所以香港唔係好多人能夠捕捉到佢嘅行蹤，但係我真係好想盡快見到佢……」老闆臉上閃過一絲愁意。

「如果連高生你嘅朋友都搵唔到，我驚我……」我一陣受寵若驚。

「你有冇睇過我送畀你嗰本書？」他突然把話題岔開。

老闆早陣子送了一本前 FBI 探員寫的書給我，對普通人來說，是頗有趣的冷知識書籍，但對調查員來說，卻是搜證技巧的進修課本，尤其某些觀察目標的技術，我讀起來只覺心領神會受用無窮。

我點點頭，老闆從手提包拿出了同樣的書，並把它翻開到某一章節。

「呢個作者係我以前喺英國嘅前輩，佢同你一樣有特殊嘅腦部結構，所以佢呢度講嘅搜查技巧只有你有辦法使用。」老闆說。

我頓時明白高先生找我來的原因，沒想到他欲尋找的目標難以用專業的搜證方法追蹤，難纏得竟要拜託初出茅廬的我，霎時間被老闆委以重任，我只怕自己的能力不足而令他失望。

「高生，我會盡力一試，但係我冇信心一定做得到。」我由衷說道。

「多謝你，阿諾，呢單嘢絕對唔可以走漏風聲，所以我會喺公司內部成立一組秘密隊伍，你哋會以一年為單位長期執行呢個秘密任務，所有隊員都會優先處理同呢件案相關嘅線索。」高仁先生說。

高仁先生的計劃並非短期的搜查，而是以年為單位的長期作戰，我在執行其他任務時將會同步處理此案，並和老闆定期更新進展。

為此高仁先生特別調配了一隊內部人員，前線調查員分別是妙姐和我，後勤則是肥虎和 Sandy，只要任何時候取得目標人物的線索，隊伍內所有人都將優先處理此案。

此案果真是高度機密，老闆即使對公司內部都絕口不提，任何案件內容只會在隊員之間互通，任務代號命名為「候鳥」，在我答允了所有條件後，老闆才拿出一個文件夾。

「關於呢件案嘅目標，呢度有一啲背景資料，係我呢幾年嚟搵到嘅。」老闆說。

文件打開，內裡有一些陳年老照片，照片中人是目標人物的少年時期，另外還有幾張剪報，只見文件首頁書寫了目標的基本資料：

任務名稱：候鳥
目標人物：況紀華 Albert
出生地：香港

小學於香港就讀，初中被送到英國寄宿學校。父母離異，母親於他 14 歲遇上車禍身亡，其祖父是 1950 年代著名商人，在香港、上海等地經營銀行、保險、地產、船務等事業。況家曾是當時四大家族之一，然而 70 年代因接連投資失利導致家道漸中落。現時家族中人散落於世界各地。

姓名：況紀華 Albert

我仔細閱讀了所有文件，發覺內容並不太豐富，大多都是況家早年的新聞等等，目標人物的資料反而甚少。

老闆說，況紀華有意識地清除了許多過去的記錄，以前的資料仍未被數碼化，一旦銷毀後便找不回來了。

交代了一些細節後，我們便離開了咖啡店，更需要像沒事般繼續與 Jimmy 執行任務。

接著我坐巴士到了香港一間大學，Jimmy 已早坐在公園的長椅上等待我。

「點呀，老細搵你冇事呀嘛？」Jimmy 好奇問道。

「冇……佢收到老羅嘅報告循例問下我做成點啫！」我講出路上想好的理由。

「嘩老羅冇講你壞話啩？」Jimmy 不疑有他。

「話我冇充分利用公司各部門資源嗰……」這句倒真的是老羅對我的評語。

「哦咁又真呀！」Jimmy 點點頭。

我們轉進了一座教學大樓，這次來的不是為了跟蹤目標，而是為了調查一宗案件。

來到電腦工程系的實驗室，Sandy 已經到達並正跟教授在聊天。

「陳教授你好！」Jimmy 打招呼。

「Hello hello！我啱啱同 Sandy 傾緊單案件啲嘢，我搵到你哋要嘅人嘞！」陳教授說。

陳教授曾在蘇格蘭場擔任顧問，現時會幫助公司檢查客戶內部保安漏洞，某投資銀行懷疑內部 IT 人員對設備下了手腳，使敏感資料被盜取，Sandy 調查後將範圍縮窄至大樓某樓層的伺服器室，並待所有人下班後才進入伺服器室，嘗試檢查有否被人安裝了任何駭客程序。

哪知道下手腳的人技術極高明，有關數據完全分散在儲存系統的不同硬碟中，Sandy 沒法在不打草驚蛇的情況下重組數據及檢測，便決定求助於陳教授。結果花了數天工夫，陳教授成功將數據還原，找到所有盜取資料的去向，和一開始在後台安裝駭客程序的人員。

原來真兇並非客戶的內部 IT 員工，而是外判的設備維修專員，某次投資銀行在進行系統升級時，IT 員工不想徹夜加班，便違反公司條例將系統加密密碼告訴維修人員，讓其暫代崗位，沒想到那名維修員藉此機會安裝程序盜取資料轉售。

陳教授興高采烈向我們解釋各種破解程序的原理，Sandy 突然站到我身旁，這次還是秘密小隊成立後我們首次碰面。

「Send 咗條 link 畀你，快啲睇晒啲檔案，一日後條 link 就會失效。」她壓低聲音説。

沒想到「候鳥」任務這麼快便開始了。

那天晚上我回到家中，打開了 Sandy 傳來的檔案，卻發現並非工作時常見的背景資料，而是一大篇由高仁先生親筆書寫的故事。

那些故事從高仁先生投身調查行業講起，當中解釋了他與神秘目標況紀華的淵源，我沒多久便被文字吸了進一九九零年代末的世界。

窗外夜幕低垂，房內的時間彷彿被靜止了一般。

-調查先知-

商探的外援

有時候因應案件的複雜情況，調查公司或需要借助某些領域的專家幫忙，譬如筆跡鑑定、汽車追蹤或電腦逆向破解等等。在這故事中的陳教授曾為蘇格蘭場的顧問，專攻電腦鑑證。關於「蘇格蘭場」，也許有讀者不甚了解，原來蘇格蘭場並不位於蘇格蘭，且非蘇格蘭的警備。話說 1829 年，當時的倫敦警察廳後門正對一條名為「大蘇格蘭場」的街道（Great Scotland Yard），其後這扇後門變成警察廳的公眾入口，而「蘇格蘭場」之名因而成了倫敦警方的外號。

高仁
篇

高仁 篇

FILE 2.1

教我成為「商探」的那號人物

〃在英、美等國家，商用調查公司帶有受聘民間的情報公關意味，公司高層多有前任高級警務人員和特工，對於情報收集、分析、調查都有極嚴密的系統。〃

（編按：人物對話＊原為英語）

上世紀九十年代，記得Beyond的《光輝歲月》奪得了一九九零年「十大勁歌金曲」，社會剛從一九八七年環球股災恢復過來，樓市漸變得昌盛，那些年手提電話叫「大哥大」，市價萬多元一部。

我的名字叫高仁，父親寄望我長大後能成為謙謙君子，並把我送去了英國留學，沾點英倫書卷氣。奈何我卻是個好動的孩子，長大後沒能順應父親心意，反是去投考了英國皇家警察，而四年後，一次機緣巧合的機會下我離開了警隊，加入了一間美國人開的國際調查公司。

對香港人來說，「情報工作」像電影橋段般虛幻，不論是一九九七年以前的殖民地政府或是回歸後的祖國，香港人一直都沒被允許接觸正統的情報工作，更遑論是系統化的訓練。

回歸以前，英政府在港設立的政治部算是類近的情報機關，但在主權移交之前，所有資料和人員便被英政府轉移回國，一九九七年以後祖國更是把國防和外交完全收歸中央。

在英、美等國家，商用調查公司帶有受聘民間的情報公關意味，公司高層多有前任高級警務人員和特工，對於情報收集、分析、調查都有極嚴密的系統。我的九十年代就是在倫敦度過，當中的大半時間都耗了在這家公司之中，那時候的頂頭上司叫威廉斯，他是個美國人，以前是 FBI 的高級顧問，專門研究情報收集和審訊。

威廉斯教會了我何謂稱職的「商探」。

那時候的公司專門幫英國的跨國企業作法證會計、追查失蹤資產、欺詐、資訊保安等工作，涉及的國家橫跨整個歐洲，幾乎每個星期都說不準下一刻會身處何地。

就像某一次，我和威廉斯正在幫一家奢華品牌追查失蹤資產，懷疑涉案的人員突然出現在希斯洛機場，並買下了前往法國巴黎的機票，由於目標身繫重要線索，我們絕不可失去他的行蹤，在毫無心理準備之下，我們立即跟隨其後飛往了巴黎。

到達巴黎之後，同行的威廉斯和另一位女同僚先去租車，由我獨自監察目標的行蹤，哪知道取車時間太長，目標已快要登上計程車，我根本沒法等待同伴前來。在那一個年代，手提電話僅有簡單的通話和短訊功能，我把車牌號碼傳送出去後便登上後面的計程車。

「* 請跟蹤前面的車。」我用英語向司機說。

那司機從倒後鏡與我對看，他一臉不屑搖搖頭，表示自己不說英語。在英國工作時便早有聽聞，法國人對自身文化及語言極為自豪，如果身在法國，很多當地人就算懂得英語都不肯說，這時候前方的計程車已發動引擎，隨時便會離開，我內心焦急得如熱鍋上的螞蟻。

「*麻煩你幫幫忙！我是調查人員，前車接載的是罪犯，我必須跟著他！」我一口氣說道。

那司機聽畢雙目發光，顯然是聽懂了我的話，便踩下油門跟著前車。

沿途他不停問我是否日本來的偵探，還問我懂不懂忍術，追蹤的是甚麼罪犯等等。難得那司機如此賣力，為了不讓他失望，我便加鹽加醋地把案情說得天花亂墜，基本上就是把《最佳拍檔》的劇情講了一遍。

我一路追到了目標下榻的酒店，並查出了他居住的房間，威廉斯等隔了十數分鐘後才趕到。

「*幸好你跟上了，要不然我們逛一圈鐵塔後就可以回公司挨罵了。」威廉斯拍了拍我肩膀說。

我們在同一間酒店留宿，第二天一清早目標便離開。我們跟蹤了他一整天，發現他突然前來法國原來只是與家事相關。

同一時間，倫敦的辦公室查明了目標人物的背景，證實他並無直接參與挪動客戶資產，但卻可能知道一些內幕。

這時候威廉斯便施展他的絕學，他跟著目標，看準機會製造一對一的獨處時間，並向對方表明自己身分，開始了為時三分鐘的對談。

威廉斯以前在FBI工作時經常需要進行審訊，長久下來他研究出人在說話時的身體動作和反應，譬如一般人說謊的眼球運動、緊張時肩膀拱起的角度、內疚感導致眉毛下垂等等，他能在三分鐘的談話時間辨別一個人的嫌疑程度，將所有相關線索套出來，其他人都戲稱他這三分鐘為「贖罪時間」。

我和同僚坐在咖啡店裡，數分鐘後威廉斯便回來了。

他問出了一個確切的名字，只要讓公司的搜查部門核對一下，我們就能根據線索去調查這位真正的主犯。

「*你這種已經可以算是特異功能了吧！到底要多久才能練出來？」我忍不住問威廉斯。

「*老實說，就算我告訴你，其他人也很難學得會。」威廉斯微笑說。

我以為他是故弄玄虛，實則是不想把獨家秘訣說出去，我的心事被威廉斯看穿了，他搖搖頭摟住我的肩膀。

「*仁，我跟你說，小時候我是有讀寫障礙的，讀書成績差得不得了，那時候我媽還一直以為我長大只能當建築工。」威廉斯笑說。

我不懂這故事與我所問有何關連，但一旁的女同僚似是聽聞過，只微笑不語默默喝咖啡。

「*後來醫生發現我腦部結構與正常人不同，海馬體你知道嗎？就是腦裡管方向認環境物件的，我那塊組織長得比一般人大，看東西時會記錄所有細微處，所以集中力會比一般人差。不過，那特殊的觀察力卻很適合當調查人員，許多平常人注意不到的微小變化，在我眼裡都異常明顯。」威廉斯解釋說。

大概十多年後坊間出現許多講解身體語言的書籍，甚至有外國電視台將之拍成劇集，裡面很多要素都與威廉斯講解過的頗為相似。

威廉斯所查出的名字，經搜查部證實是奢華品牌的前任員工，離職前更曾與上司發生糾紛，但令人奇怪的是，據客戶內部員工分享，該名前任員工行事粗心魯莽，並不似有能力冷靜偷取公司資產。

接下來的兩個禮拜，我們貼身跟蹤那位嫌疑主犯，發現他與一對古怪的組合會面了數次，兩人一老一少，滿臉皺眉的英國籍女士身邊跟了個年輕的華裔青年，涉案目標每次面對那老婦人時皆神色恭敬，當中更似暗藏怯懼。

威廉斯看見那位老婦後竟罕有地一臉凝重，見慣大場面的他何曾如此，使我更是大惑不解。

會面完畢後，我欲繼續跟蹤目標，威廉斯卻一把拉住了我，著我一起轉向尾隨那老婦與華裔青年。

走到一處暗巷，老婦突然停下腳步，並緩緩別轉身來。

「*哦？好久不見了，沒想到竟然是你，老朋友。」老婦瞇起眼微笑。

「*羅倫女士，我也沒想到您竟然還未退休。」威廉斯一臉嚴肅說。

「*呵呵，不和你一樣嘛，總得培育後輩吧。」羅倫語氣像尋常的老太太。

羅倫身旁的青年與我目光對上。

他穿著格子襯衫和白色毛衣，頭髮梳得貼服整齊，看上去只是一個扶著老太太的富家子弟。

「*原來這是你的案件，那沒辦法了，為免傷了和氣，這次我便姑且退出吧。」羅倫淡然說。

威廉斯沒理睬她，眼睛不停掃視著後巷內的環境，似在提防些甚麼。

「*可沒下次了。」

說罷一老一少便像沒事人般繼續前行。

她最後的一句話語氣突然變得冷鋒般犀利，老婦身上更散發出一陣令人不安的氣息，使我不禁後退了半步。

數天後，那位涉案嫌疑人的銀行戶口突然被存進了大筆款項，使盜取公司資產一事敗露，奢華品牌公司通知了警方將那位目標拘捕。任務完成了，但我和威廉斯都高興不起來，羅倫佝僂的身影竟成了我的夢魘。

人生的緣起緣滅，在我首次與羅倫和她的學生遇上後，我的故事便注定要被改寫。

－調查先知－

特殊認人能力

看完這一集，相信各位讀者已留意到威廉斯與梁諾一樣，都有同樣的腦部特殊狀況。認知能力與腦部的「海馬體」有關，但認人能力卻是與「梭狀回」（即顳葉與枕葉一部分）有關。

2011 年東倫敦大學心理學家 Ash Jansari 作了一個針對「超級認人能力」的研究，發現擁有特殊認人能力的人口，只佔大約 1%。

如果閣下經常認出別人無法辨認的臉孔，可能你也是其中一員！不妨試試由英國格林威治大學設計的網上認人測試。

英國格林威治大學網上認人測試：
www.superrecognisers.com

高仁 篇

FILE 2.2

商探隨時百變之身

〃稱職的調查員需要懂得抽離，過多的個人情緒不但影響專業性，對自己的精神狀態也不健康。〃

（編按：人物對話*原為英語）

「*阿仁，你不回香港過聖誕嗎？」威廉斯問道。

「*不了，我家裡人都不太慶祝聖誕節，還是待中國新年時再回去吧。」我說。

英國的聖誕節相當於我們中國人過年，每家每戶都忙著張羅禮物和裝飾品，各種商場擠滿了人，本來只營業到下午四、五點的店舖都額外延長了服務時間，以外國的標準來說，算是皇恩浩蕩了。

我對威廉斯的回答不盡不實，大抵他也從我的表情變化中讀出來了吧。

聖誕前夕，公司把一宗案件交了給我，我把心神都耗了進去，休假時滿腦子仍在想工作的事情，說甚麼我都沒辦法把一切拋下回香港去。

威廉斯教會了我很多工作和人生上的道理，他說稱職的調查員需要懂得抽離，過多的個人情緒不但影響專業性，對自己的精神狀態也不健康，但即便前輩循循善誘，到我領會這道理時還是得碰上幾次釘。

自從與那對神秘的組合相遇後已過了兩個多月，威廉斯沒解釋太多老婦的來歷，只說是舊日FBI工作時常遇到的對手。

FBI的「對手」是甚麼意思？追問之下他又不願多講了，工作纏身之下我也漸漸把此事忘懷。

這幾個星期我在調查一宗企業間諜案，一投資銀行發現有內部人員將客戶資料轉售給同行，遂委託我們找到那位間諜。我和幾名同僚分別調查投行內擁有客戶資料權限的高級經理，奈何還未找出任何確實的證據。

我們調查員不是警察，無法直接查看嫌疑人的戶口記錄，只能從日常見面的對象來判斷是否存在可疑的跡象。

那間投行總共有五位高級經理，每位都各自帶領著三至四名銷售人員。這五名經理性格各異，但都頗為富裕，所以難於判別任何人因間諜行為而突然暴富。

臨近聖誕，英國人大都懷抱長假待至的心情，工作時顯得集中力下降，公司也準備將這案件拖到元旦後再處理，但我卻無法從中抽離，即使下班在街上漫步時，還是在注意四周的人群，更會不知不覺來到調查對象日常出沒的區域。

十二月二十三日，平安夜的前一天，商店街人頭湧湧，擠滿了節日前最後衝刺的購物潮，威廉斯知道我在英國舉目無親，便邀請了我到他家過聖誕。

我在商店裡挑選聖誕禮物，除了威廉斯和他太太，還有那剛讀大學的女兒，為少女揀禮物可沒比思考案情來得輕鬆。

然後，我在人群之中瞄見一熟悉身影，一個西裝筆挺的中年人拿著一大個購物袋，匆匆忙忙從店內離開。

那是其中一位經理，雖不是我負責的那個，但我知道負責的同僚已下班了，現在該是無人跟進的狀態。

我扔下了剛挑選好的禮物，條件反射般跟了上去。

那經理看了看錶，然後伸手截了一輛的士。

我登上另一輛車尾隨著他，車子駛到一條酒吧林立的街道，那人下車時左右顧盼，然後進入了其中一間酒吧。

我整了整衣領裝作若無其事般跟進去。那酒吧地下那層是站立式的開放空間，目標登上了樓梯，想必樓上是較安靜的包廂，我在吧檯點了支啤酒，別人沒注意時將一些酒擦在頸項和臉上，然後腳步略搖晃地走上樓梯。

幸好樓上並非保安嚴密的私人會所，我走了上去後看見兩個酒吧侍應，他們瞧了我一眼便沒理會我，走廊兩旁都是房間，門上有圓形玻璃窗可窺探裡面的情況，我找到了那經理身在的房間，沒想到的是，其他四位高級經理竟都在此處。

五人正歡欣碰杯，我在門外無法聽到他們的對話，正苦惱之間，一個年輕的侍應在我身邊

Merry X'Mas

擦身而過，我靈機一觸，走上前把他拉住，並掏出了一張五十鎊的紙鈔。

「*想賺外快嗎？」我問道。

半刻過後，我換上了侍應的服裝，拿著托盤走進了包廂之中，我低頭清理著桌面，並裝作在收拾房間內的空杯和垃圾，五人都沒理會我，像把我當成背景一樣繼續談話。

「*那個中介人也收得太貴了吧！不如明年叫他減點諮詢費？」

「*算了……若不是他，我們也不會賺錢賺得這麼輕鬆，再說那邊的人也不是好惹的。」

「*對啊，那小子年紀輕輕，但和他說話總教我有點提心吊膽，等一會兒他來了，你們可別亂說話。」

「*你還是老樣子，膽小得像老鼠，老闆不是請了調查公司來查嗎？你不會露出馬腳吧？」

「*去你的！五個手下都是鬼，他查個屁！」

說罷五人放聲大笑，低頭抹地的我卻是心頭一震，原來一直查不出個所以來，是因為我們的前設已經錯誤，商業間諜並非只有一個，而是五個都牽涉其中！

得到如此重大的消息，我必須盡快告知威廉斯和其他同僚，於是我拿起餐盤轉身欲離開。

「*喂！侍應生！」

我愕然停步，低下頭避免與那五人打照面。

「*小費都不要嗎？」

其中一人說罷塞了張二十元給我。

我裝作惶恐低頭道謝，然後推開門走出包廂，背後傳來那五人的嘻笑聲。換回自己的衣服後，我連忙從樓梯走到下層。

甫離開時，一道人影在我身邊擦過，異樣感覺油然而生。

我回頭望向拾級而上的背影，瘦削單薄的身體勉強撐起了西裝外套，擦得光亮的皮鞋在木板上生起具節奏的敲打聲，那是一個華裔青年，陪伴著神秘老婦羅倫的那一個華裔青年。

回過神來的時候，我已身在的士之中，心臟不斷狂跳，彷彿是剛坐完過山車。

回到公司後，我馬上打電話給威廉斯，並將剛才的發現告訴他，他聽畢一陣默然，然後說明天早上再與我商討。

當事情疑似涉及羅倫時，威廉斯便變得嚴肅謹慎，他與公司內的高層匯報，並與所有負責此案的調查員重新分配工作。

時間已近聖誕，倫敦所有店鋪、銀行、政府部門和公共交通都將停止服務，我們只得等待至假期後復工才處理。

「*如果與羅倫有關，我能夠猜出當中的手法是甚麼，但問題是，我們要不要去碰這頭老虎。」威廉斯說。

他說那五位經理應該是共享了彼此登入客戶資料庫的密碼，並以其他人的身分從別的電腦進入資料庫，使得客戶內容被盜時，該用戶擁有了不在場的證明，即A經理用B的密碼，B用C的密碼，如此類推。盜出來的資料經一名中間人轉售給其他投資銀行，而中間人則將販賣資料得來的金額轉折幾重戶口「清洗」，再分給五名經理。

威廉斯稱此類犯案手法為「東方快車」，取名自英國著名偵探小說《東方快車謀殺案》，意指一宗由多人合力完成的騙案，但因各人負責的範疇太小而使嫌疑難以證實。

我在毫無休假的心情之下度過了聖誕。

既然有了線索和新的調查方向，收集證據自然容易得多，但我們最終亦只能證明五位經理曾各自使用密碼打開彼此的客戶資料，那中間人的身分就像迷霧一樣，無論如何都查不出來。

對客戶來說，所謂的「中間人」並不重要，只要能證實五位經理合謀盜取公司資料的間諜行為，客戶便能控告五人並得到賠償，案件算是告一段落，但我的心情仍然沉重得很。

「*別想太多，我們不是警察，最重要的還是客戶。」威廉斯說。

「*可是……就這樣放著那背後操控的人不管，我沒辦法……」我苦著臉說。

「*商探自有商探的正義，你只要記著現在的心情就可以了。」威廉斯語重心長說。

在調查行業縱橫數十載的威廉斯自然明白我的心境，愈是投入工作的我愈難將自己從案件抽離，除非，眼前出現一個更遠大的目標，迫使我將心神分散出來。

「*也是時候了，我們來聊一聊羅倫的事情吧。」

—調查先知—

商探的工作特質須知

調查員與警探、記者或特務的工作性質，皆有相似之處，每天都要面對情報收集和分析的工作，卯盡全力時可是不分晝夜的，所以這行業並不適合所有人，許多新入職的人稍為體驗過後便會被嚇跑。不過，太過全心全意投進工作之中，又是另一個問題。無論如何，調查員有其工作本分，但也要明白「點到即止，適時抽離」的道理。

高仁 篇

FILE 2.3

不要得的商業凌霸

〃市場上能承接大型項目的公司並不算太多，久而久之造成變相的市場壟斷，阻礙了新投資者進入行業。〃

（編按：人物對話*原為英語）

聖誕假期過後，公司復工的首星期，同僚和客戶大都仍懷著假期症候群，工作效率比起平常緩慢不少。我大概是僅有的例外，但坐在桌上仍是一臉神不守舍，皆因腦袋塞滿了威廉斯告訴我的昔年軼事。

以前威廉斯在FBI任職時，處理過很多與英國政府合作的案件，當中牽涉許多跨國境的情報機構。世界上除了存在著隸屬政府的情報機關，很多私人性質的公司都能提供情報販賣，只要內容不涉及國家安全，在英、美等地還算是合法的，除非當中是惡質的犯罪行為。

在威廉斯二十多年的FBI生涯中，他曾遭遇過各式各樣的敵對組織，其中一種卻存活在灰色地帶之中，運用情報的手法高明得連FBI也難動分毫。

威廉斯告訴我，羅倫的背景極為神秘，她經營的顧問公司表面上是為企業評估保安風險，暗地裡卻提供商業犯罪的情報，例如各種欺詐手法和商業對手的秘密等等，存在的基礎簡直就是商探的對立面。

許多年前羅倫的公司因為觸犯美國法律而被追查，沒想到她消聲匿跡多年後，竟會在英國再次捲土重來，在未能搜集犯罪證據前，威廉斯阻止我追查下去，更不斷叮囑我別輕舉妄動。

「*她的厲害之處，是能掌握所有人埋藏深處的秘密，在我們未知道有甚麼官員被牽扯進來前，絕對不能打草驚蛇。」威廉斯凝重地說道。

威廉斯與公司高層開了多次會議後，內部出了最新的指引，各調查員在處理新案件時需要小心留意任何可疑的第三方人士，新一年的工作便在陰霾籠罩下展開。

我與威廉斯接下了一宗任務，公司得到委託，調查一建築項目的招標結果是否存在任何不當的利益輸送。該項目由一所英國老牌建築公司取得，客戶懷疑投標的幾間公司故意抬高價錢，之間可能存在「合謀」行為。

調查的方向並不複雜，我和威廉斯跟蹤幾名建築公司的管理層，不難發現各間不同的公司確實有頗多往來，譬如兩家建築公司會在某項目中合作，各家的員工之間亦存在分享人力資源的行為。市場上能承接大型項目的公司並不算太多，久而久之造成變相的市場壟斷，阻礙了新投資者進入行業，奈何這些都只是常識程度的發現，並不能構成犯罪證據。

「*這就像是高中時的球隊，總有人是為了不想被排擠才勉強參與校園欺凌。」威廉斯說。

威廉斯認為數家建築公司中之中必定存在被迫的某間，於是公司的資料搜尋部門比對了幾家公司的業績和過往交易等等，找出了當中處於最弱勢的公司，並將該公司的負責人資料交給了我們。

威廉斯找到了在酒吧獨飲的負責人，他坐到旁邊的位置，然後將卡片放到那人的酒杯旁。

「*你好，我的名字是威廉斯，是一名商業調查員，我現在正調查一宗懷疑違反『競爭法』的案件。」威廉斯表明身分。

那人先是一呆，然後身體下意識向後靠，雙眼更現惶恐目光。

「*別擔心，我今天只想和你談談貴公司最佳的生存之道。」威廉斯微笑說。

及後的三分鐘，威廉斯像變戲法般瓦解了對方的心理屏障，不但套出了線索，更成功游說他提供有關該投標項目的往來傳真。

建築行內的大型項目，早就被三兩間老牌公司壟斷，其他中下游公司為了從各種項目中分享利益，大多都會與其同流合污，抬高行業的定價，幫助幾間大龍頭賺取更多的利潤。我們的線人算是位處食物鏈較低的位置，幾近是沒有選擇地參與了「圍標」的遊戲，所以當威廉斯以改變整個行業風氣作游說方法，他便同意協助我們的調查。

那幾封傳真是關鍵的證據，上面列了老牌建築公司要求其他投標者不可超越的價錢和該公司的聯絡人資料，加上我們拍下的照片，足以證明幾間投標公司之間確實存在合謀行為，客戶便用之向英國當局舉報，當時在社會上也引起了不少迴響。

處理完這宗案件，威廉斯拉著我到酒吧去，那晚是足球比賽的日子，街上堆滿了球迷和嚴陣以待防止騷亂的警察，英國的球迷常會到酒吧邊喝酒邊看球賽直播，假如喜愛的球隊輸了便容易引發大批醉漢同時鬧事，也可算是倫敦一大奇景。

威廉斯和我都不是足球熱愛者，他只是很喜歡這種群情洶湧的氛圍，說能有效助他舒緩工作壓力。我們喝了沒多久，威廉斯接了一通電話，本來因酒意通紅的臉頰一下子變得鐵青，他拿著電話跑了出酒吧，我見其神色不對便跟隨在後。

「*瑪莎和丹尼進醫院了。」威廉斯掛掉電話後說。

瑪莎是與我一起到法國的同僚，她和丹尼是拍檔，二人正在追查另一宗詐騙案。我和威廉斯連忙登上計程車趕到醫院去，

甫踏進病房，公司裡幾名高層都已在場，瑪莎和丹尼奄奄一息躺在病床上，且滿臉都是傷痕。

「*他們在跟蹤目標時被埋伏，雖沒性命危險，但丹尼斷了兩根肋骨，瑪莎則仍昏迷中。」某高層沉聲說。

由於商探與罪犯的距離極近，工作危險性確實不低，但我還是首次聽聞調查員被惡意伏擊，眼前同僚遭殃的畫面不禁使我內心一陣難過。

「*這是放在他們身旁的，上面寫著給你。」高層把牛皮公文袋遞給威廉斯。

威廉斯從中拿出了兩件物事，其一是一封信，其二卻是一個蝴蝶結。我留意到威廉斯拿著蝴蝶結的手微微顫抖，這一微小變化從沒在他身上出現過，我抬頭望向他的臉，駭然發現他的表情夾雜了驚慌與憤怒。

「*這……是我女兒的。」他咬著牙齒說。

然後威廉斯打開了那張信紙，上面只有一句話：「這是最後警告。」

沒等任何人說話，他連忙衝了出病房，尋找電話打給妻子和女兒，到肯定家裡人都安然無恙後，威廉斯仍然是一臉盛怒。

「*瑪莎調查案件時發現了羅倫的蹤跡，所以他們就跟了上去。」

「*把那件案交給我。」威廉斯說。

「*先別衝動，我們回去再討論……」

「*把．案．件．交．給．我！」

威廉斯雙眼幾乎迸出火來。

我從沒見過如此怒不可遏的他。

病房內靜得落針可聞，威廉斯最終不發一言奪門而出。

兩名高層長嘆一口氣，然後過來拍了拍我肩膀。

接下來引發的事件如燎原之火，一下子便改變了我商探的生涯。

－調查先知－

關於「圍標」行為

　　俗稱「圍標」的行為，在世界各地都不罕見，其中一種被稱為「掩護式定價」（Cover Pricing），意指參與當中的投標者，在招標的過程中私下串通，約定各公司出標的金額，以使其中一方價錢較其他投標者為低。根據英國《競爭法》，不論當中是否存在利益輸送，這種行為都可構成罪行，最高罰款可達該公司年度全球營業額的 10%。

香港「競爭事務委員會」網站：
www.compcomm.hk/tc/practices/what_is_comp/overview.html

逃不出「法證會計」的法眼

〃客戶懷疑他的合夥人利用公司帳戶進行洗黑錢活動，並騙取了公司的資產。〃

（編按：人物對話*原為英語）

倫敦的貝克街（Baker Street）開了一間福爾摩斯博物館，選址是小說裡神探福爾摩斯居住的地方——貝克街221B，這裡是遊客熱門景點，即便是周二的上午，街上仍擠滿了人群。

三小時前，我奉命跟著威廉斯，以防他作出任何危險行為，不過我想公司的高層還是太小看這位老江湖，他確認了家人並無礙後，馬上叫太太和女兒離開英國暫避，然後他仔細核對了同僚發現羅倫蹤跡的案件，不論任何細節都沒有放過。

威廉斯並沒被憤怒蒙蔽理智，反是將精神更集中在調查行動上，不眠不休得令人吃驚，不過這種透支體力的工作方式令我不禁擔心威廉斯的身體狀況。

被襲擊的兩名同僚本來正調查一宗詐騙案件，客戶懷疑他的合夥人利用公司帳戶進行洗黑錢活動，並騙取了公司的資產，當時同僚是在跟蹤那名合夥人時發現了羅倫的出現，而威廉斯現時便在貼身跟蹤那名合夥人。

公司負責「法證會計」(Forensic Accounting) 的部門查出了異常的帳目，證實曾有多筆款項從海外流進客戶的公司帳戶中，且記錄上有被人改動過的痕跡，但卻沒顯示出與目標人物有聯繫，於是資料搜查部翻查目標人物的個人資料，發現他有足球賭博的習慣，亦有向財務公司借貸的記錄。

此時威廉斯轉進街角的咖啡店，目標人物正在排隊買咖啡，威廉斯躲在暗處嚴密監視，不放過對象任何微小的動作。

目標從店內離開，隨手將一張紙條扔進垃圾箱。

威廉斯立即走了上去，神情緊張地伸手進垃圾箱內翻。

「*你要不去休息一下，讓我代替你去跟蹤好嗎？」我忍不住勸道。

「*沒事，剛才店裡有個人向他搭話，可能與羅倫有關。」威廉斯連看都沒看我。

「*應該只是單據罷了！」我說。

他的執念大得嚇人，我由衷擔心他的精神狀況，記得他以前教導過我，調查員不懂得從案件抽離的話，很可能會被過度緊張的情緒吞噬。

威廉斯彷彿看穿了我的心事，他拾起了那張小紙條，然後攤開了給我看。紙上寫著一個街道名稱和門牌號碼——貝克街 221B。

「*相信我吧，我沒瘋，只是想快點把事情解決罷了。」威廉斯勉強擠出一點笑容。

「*是嗎，但你的笑容也太嚇人了吧。」我搖頭說。

兩人相視而笑，威廉斯似是稍放下緊繃的情緒。

貝克街僅有幾條街道的距離，我們跟在目標後頭慢慢走了過去，然後那位地道的倫敦人竟然在福爾摩斯館外排起隊來。等待了半小時後，目標走進老舊房屋裡，我守住博物館的進出口，而威廉斯則悄悄跟在後頭。

隔了數分鐘，目標從博物館離開，威廉斯走到我的身旁。

「*怎樣，他與誰碰面了嗎？」我問道。

「*沒有，從他的肢體語言看來，他該是被爽約了，且對這件事相當緊張。」威廉斯搖頭說。

我們選擇繼續跟蹤目標，走了一段路後，威廉斯突然轉進冷巷，害我也反應不過來。然後威廉斯拉著我躲在暗處，沒多久一人停在冷巷的路旁，並往裡頭望了進來。

我認出了那個人，他是跟著羅倫的華裔青年。

華裔青年看了一眼便轉身離開，這時威廉斯馬上尾隨而去，我心內暗感不妥，首先跟蹤這青年與任務內容沒直接關係，其次是同僚被襲前車可鑑，難保這次又是陷阱。不過，威廉斯意志堅定，他大概早就發現被青年反跟蹤，於是借機找出他的位置。

那青年登上一輛汽車，我們截下計程車跟在後頭，一直開到了皇家倫敦醫院。

我們來到某私人病房才恍然大悟，原來那青年是故意被我們發現，並將我們引到此處。病房內躺著奄奄一息的羅倫，模樣與一般年紀老邁的婦人沒甚麼分別。

威廉斯神情一呆，沒料到故事竟是如此發展。他走進病房，然後那青年便退了出來關掉房

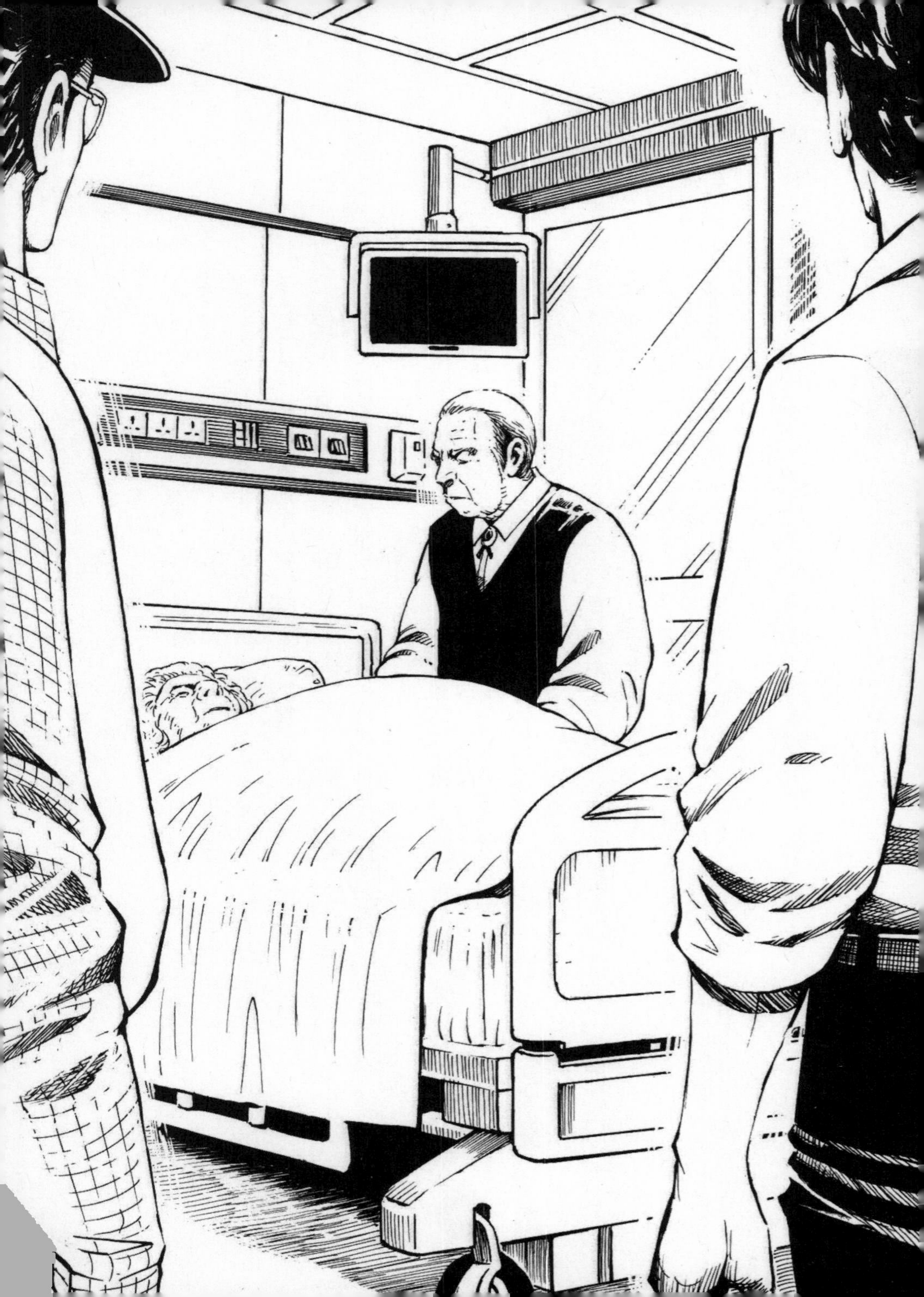

間門，讓兩人單獨會面。

走廊裡剩下我和那青年，這也是我首次與他近距離面對面，現在一看，眼前的青年不過像普通留學生。

「你係香港人？」他突然用純正的廣東話發問，殺了我一個措手不及。

「係……你都係……？」我愕然問道。

「我十二歲就過咗嚟。」他淡然說。

「你仲讀緊書？點解會做咗呢啲……？」我聞言更是訝異。

「因為我需要羅倫太太嘅知識。」他冷淡的表情閃過一絲異色。

眼前的青年居然會有如此離奇的選擇，我雖對他一無所知，但也能猜到背後肯定另有曲折的故事。

「你叫咩名？」我問道。

「我只可以講我姓況，希望你明白，高仁先生。」他微笑說。

此時威廉斯已探望完羅倫，他一臉沉重拉著我離去，那姓況的青年便走進病房，彷彿從沒與我有過任何對話。

回程時威廉斯的臉色不太好看，他隔了好一會兒才把事情詳細告之。

派人襲擊我們同僚的並非羅倫，而是她組織內的另一幹部，組織是由羅倫親自成立，主要販賣情報和作商業犯罪顧問，不過羅倫年紀老邁健康狀況日漸惡劣，她轄下的幾名幹部竟然背叛了她，更奪走了組織的權力。

最終羅倫心力交瘁昏迷被送院，她自知時日無多，便著那青年把威廉斯引來，並將組織幹部的身分等資料全都告訴了他。

「*她為甚麼要毀了自己的組織？」我不解道。

「*算是賣一個人情，也是一個交易，她想讓我保障那華裔青年的安全。」威廉斯說。

羅倫的組織利用客戶公司將黑金清洗乾淨，但牽涉的金額太龐大，別說是客戶自己，連英國警方也盯上了他們。威廉斯將資料傳給了他在蘇格蘭場的朋友，客戶的合夥人被捕，我們調查的證據也顯示了客戶的清白。

警方追查羅倫組織內的成員，此事已與我們無關，一切風波都是悄悄地發生，又靜靜地消散。兩星期後羅倫離世，我和威廉斯到了墓地，孰正孰邪也好，埋在土裡便都沒所謂了，威廉斯對此倒是頗為唏噓。

姓況的青年身影在墓地遠處出現，究竟這位同鄉為何會跟在羅倫身旁，羅倫又為何特別照顧他，這些問題的答案一直到了多年後我才搞得清楚。

這次的工作完結後發生了另一件大事，公司決定要在香港成立分部，拓展東南亞市場，而我則被委以重任，從英國派遣回港出任調查組的主管。

踏上飛機場時，威廉斯和一眾同僚來了送別，畢竟相處了好幾年的時間，我與同僚們已儼如好友，威廉斯摟著我肩膀，說有空定會到香港來監察我的工作。

如是者我以工作身分重踏故土，這時香港已經回歸中國，更迎接了千禧年的到來。

—調查先知—

「法證會計」的角色

調查公司的「法證會計」(Forensic Accounting) 工作，其中融合了各種專業的調查技巧，協助企業客戶搜查及預防商業欺詐等不法行為，法證調查員不僅關注帳目數字，也會考慮相關環境及實際情況作出查證，調查針對的項目，可包括：欺詐、貪污、利益衝突、員工不當行為、洗黑錢和資產追蹤等。

近年做假帳、洗黑錢等欺詐手段層出不窮，世界各地金融機構益發正視問題，使會計法證人材需求大增，薪酬待遇也更高。會計法證在國際上的專業認可資格稱為「國際鑑識會計稽核師專業資格」（Certified e-Forensic Accounting Professional，CFAP），有志投身行業的讀者，可自行上網了解相關課程的入讀要求。

高仁 篇

FILE 2.5

倉卒行事惹的禍

〃我不禁仰天長嘆一口氣，除了客戶對工廠工人的反應過分樂觀，我們亦沒有預先做好防範措施，以致竟然上演電影裡的人質事件。〃

（編按：人物對話*原為英語／#為普通話）

當年我以調查部主管的身分在香港分公司執行了第一宗任務，不過，該任務卻是以失敗告終。那時候，我被英國的總公司委派回香港，公司擴展了香港及中國的業務，客戶多是曾聘用過英國總公司的國際企業。香港分公司開業初期已是生意不絕，忙得我飯都沒時間吃。榮升調查部主管的我算是衣錦還鄉，但未熟悉中港國情的我沒想過世界竟然可以如此不同，那時候香港經歷完主權移交，社會上許多事情仍在摸索之中。

早在一九九零年代中國開放市場，廉價的租金和人工吸引了不少港商、外商北上設廠，可是隨著中國經濟騰飛，物價指數因應上漲，不少外資便在成本考慮下將工廠遷移到其他地區。

總公司接了一委託，委託人是一歐洲服裝品牌，他們準備到中國關閉工廠，於是聘請香港分部代為安排行程和提供基本的保安服務。

因為是香港分部首次的重要任務，我和負責保安、翻譯和安排行程的六名同僚一起前往客戶位於廣東省的廠房，客戶則來了四名代表，他們都是首次到中國，其中一人提到當地廠房的成本太高，總公司兩星期前才下決定要把廠房關閉，以配合年末的財務核算。

同僚之中有一名是初入職沒多久的女孩，她的名字叫阿妙，由於她的英語和普通話都說得不錯，便成為了隨行的翻譯。

客戶的時間非常倉卒，我們僅僅足夠安排好交通和隨行人員便出發。一行十人分乘兩輛汽車來到位置偏僻的工廠。甫踏進廠內，我便感覺到異樣的氣氛，工廠的人員領著我們進入二樓的辦公室，沿途我看見許多工人都沒在工作，反是紛紛盯著我們看。

「*等等，他們知道你們是來把工廠關掉的？」我轉過頭問客戶。

「*對，我們事先跟廠家通過電郵。」客戶若無其事應道。

客戶意外漏掉了重要的細節，加上公司人手不太足夠，過於忙碌使我忽略了理應查探清楚，正當我欲拉著客戶離開工廠時，大門已「咔嚓」一聲關上。

「*跑上去！」我喊道。

眾人一陣愕然，我急忙把客戶推進二樓的會客室，並立即鎖上大門，但群情洶湧的工人們已衝了上來，個個手持棍棒，凶神惡煞在門外叫嚷不停。

「#賠償我們損失！」、「#咱跟你拚了！」、「#狗屁外資，外國走狗！」

震耳欲聾的呼喊聲直把幾名客戶代表嚇得目瞪口呆，我不禁仰天長嘆一口氣，除了客戶對工廠工人的反應過分樂觀，我們亦沒有預先做好防範措施，以致竟然上演電影裡的人質事件。

「偷偷地通知香港叫佢哋搵人幫手。」我轉向阿妙說。

阿妙點點頭，慢慢伸手進口袋裡找手提電話，並躲在其他人背後，以遮掩她的動作。

「*我們快報警吧！」客戶代表驚魂未定說。

「*這邊的位置太偏遠了，加上工人數目太多，現在先不要刺激他們，否則事情可能會更糟。」我望向會議室單薄的玻璃門。

現在首要之務，是如何把工人的情緒安撫下來。

我嘗試與工人的代表談判，但原來廠內人數眾多，並各自根據家鄉組成了不同幫派，能代表工人的頭目便有五、六個之多，裡面有的主張和談討論賠償金額，有的卻在搧動工人以武力恐嚇我們。

「諗辦法叫香港嗰邊搵下廠入面有冇線人。」我輕聲對同僚們說。

阿妙見狀已再偷偷用手機發了短訊，除了將此處的情況通知香港公司，盡快作出安排救援之外，我們也嘗試誘發廠內分化的黨派互相議論來拖延時間。此外，一般調查公司在各行各業都有相應的線人，例如中國的工廠亦有其人脈網絡，只要能接通現時工潮中可作緩衝的任何一方，都能作為暗中保障客戶安全的籌碼。

時間一分一秒過去，工人也鬧得有點累了，紛紛四散吃飯休息，剩下幾個工人頭目仍在與客戶談判。根據工人的說法，客戶在年末突然關閉工廠，使得大批工人失業，加上年前年後的春節影響，工人們極可能數個月間都找不到新工作，所以要求客戶賠償損失。

這幾位來自歐洲的客戶人員哪曾見過這等場面，慌亂之間只不斷強調自己無法代表公司作出賠償，必須交由總公司定斷云云，與頭之上的工人們哪會吃這一套，擺明就是不定出賠償金額便絕不放行。

談判暫得不出結果，幾名工人頭目相繼去了吃飯，其中一名頭目拿了些乾糧和食水給我們。我和他打了個照面，他看著我的眼神卻另有含義。

「#剛才那光頭的老梁，是湖南幫的老大，這裡數他人最多，他要蠻幹起來，我也頂不了多久。」那工人頭目說。

他口中的「老梁」就是一直主張使用武力的一個，而眼前的工人頭目便是香港同僚想盡辦法找出來的內應，他極力游說其他工人保持冷靜，以免把事情鬧大收不了場，使我們暫時得以保住人身安全。

即便有了內應照料，工人的憤怒卻不可能就此平息，客戶也明白這事實，便答應將情況匯報總公司並要求賠償金。工人頭目協商後同意讓客戶致電總公司，奈何時差關係，事情沒可能立即得到處理，糾纏之間那光頭漢情緒再次激動起來。

「#今天你不給個說法別想走！老子跟你耗上了！」他怒吼道。

喝罵聲使湖南幫的工人們受到刺激，一眾人衝到會議室門外，紛紛用木棍敲打玻璃門，我們的內應和另外兩名頭目勸止不果，玻璃門上「砰砰」之聲響個不停。

玻璃門開始出現裂痕，冷汗從我額角滴下，就在事情即將一發不可收拾時，工廠外來了好幾輛汽車，工人頭目們馬上緊張地到門外視察。

此時香港公司的其他同僚帶同武警一起前來，警方出面調停工潮，而香港的同僚亦與客戶

總公司取得聯繫，客戶總公司承諾將會為突然關閉工廠一事作出賠償，我們一眾人才終於重獲自由。

這次的失敗經歷讓我狠狠地上了一課。

事件完結後客戶雖仍感謝我們全力維護他們的安全，但我卻感到萬分內疚，無論對客戶或是同僚而言，他們本可避免置身這種危難，我望向年紀最小的阿妙，心想這次行動大概會令我至少流失一名同僚吧。

那晚回到香港時已是夜深，我還得回家準備一份完整的報告，除卻身體的疲憊，精神上的折磨才最要命。此時電話響起，是威廉斯從英國打來的。

「*喂，一開始就搞這麼大哦？」威廉斯笑說。

「*唉……看來我還是不夠資格坐這位子。」我長聲嘆道。

「*哈哈哈哈！」威廉斯非但沒開導我，反是一陣大笑。

「*你也笑得太開心了吧！」我不禁抱怨說。

「*是我不好……咳……只是你這對白我當年也有講過，你以為管理層這麼好當哦？管理一間公司的運作可不是調查功力高與低的問題，慢慢學習吧小子，就當是為了你將來自己做老闆作準備吧！」威廉斯老氣橫秋說。

那時我初嘗到當一個領袖的苦，是次經歷一直讓我記憶猶新，使我以後都盡可能拒絕接下任何時間太倉卒的委託，只是沒想到，威廉斯半開玩笑的話後來居然成真，不過那也是很多年後的事了。

－調查先知－

調查前的必須準備

專業的調查公司當接下了需要深入未知環境的任務時，在行動前須細心謹慎作出部署，例如事先安排人員作實地視察，必要時甚至進行臥底任務，待摸清環境的保安要素及安插內應後，才正式執行客戶的委託。這做法最重要是確保任務執行期間，客戶及商探本身的人身安全。

這類工作涉及風險評估，海外也有相應的專業資格：Certified Risk Planning（CRP）、Certified Risk Analyst（CRA）。

半夜上演《濠江風雲》

〃澳門的聯絡人告訴我，當地的情況仍然頗為複雜，各幫派之間情緒緊張，司警之中亦有黑道的線人。〃

（編按：人物對話＊原為英語）

澳門臨近回歸那幾年的氣氛頗為緊張，一九九零年代新聞不乏澳門黑幫火拼的消息，那時候葡國政府在掃蕩黑社會上並沒取得多大成效，賭場之間的利益糾紛不斷，不同幫派常為了爭奪地盤而大打出手，一九九八年由著名黑幫頭目投資的港產片《濠江風雲》中的情節，很多都建基於真實情況。

香港分部剛開業的時候，我可說是忙得不可開交，許多內外事務都需要親自處理，基本上與親自營運一門生意沒甚麼分別。而總公司對中港市場的定位並不清晰，所以一切還是得由我們自己拿捏。

為了維持服務質素，兼且吸收了先前任務失敗的教訓，我都會參與規模較大的調查行動，例如這宗南美電視台的委託，由於性質特別，多年來都讓我記憶猶新。

一九九零年代末，盜版影碟的問題非常猖獗，當時在南美國家更造成了嚴重的社會問題。當地電視台查探盜版的來源，發現全部影碟都是從澳門進貨，於是他們決定拍一套新聞特輯，並親身到澳門拍攝。

南美電視台來了一名女記者、一個男攝影師和另一名工作人員，委託我們代為安排其拍攝行程和作沿途嚮導，由於這宗委託非由總部轉介，我忍不住詢問南美人是如何找上這邊的香港分部，沒想到那女記者告訴我，原來電視台高層認識歐洲服裝公司的人，並得到他們的大力推薦。

南美電視台的人已取得了澳門盜版影碟的批發商資料，且打算喬裝成買家進行偷拍，我著同僚打聽澳門現時的情況，和尋找任何澳門的聯絡人，方便隨時提供資料和應急的援助。這項委託牽扯到當時的澳門黑幫，我們不得不份外謹慎，電視台的人在我們解釋後也充分了解其危險性。

「*高先生，請你幫幫我們吧，這報道對我們的國家是很重要的。」女記者誠懇地說。可能新聞記者的使命感能戰勝一切恐懼，不論我們如何分析各種風險，她始終不為所動。

「*我們的社會已被弄得烏煙瘴氣，許多青少年為了丁點報酬，在黑幫販賣盜版的利益爭鬥之中受傷喪命，就算是有危險，我們也不會退縮的。」女記者清澈的雙眸流露堅定意志。

我知道再說下去也是無用，最終決定接下委託，並由我親自與他們一起前往澳門。

一番喬裝之後，南美電視台的人變成了買家，而我則是負責翻譯的嚮導，我們踏進澳門境內，女記者把黑幫的聯絡電話交給我。

「喂，南美嘅人到咗，我係佢哋嘅翻譯。」電話接通後我說。
「……」
「喂？」
「……今晚十一點，到XX街 12 號等。」
說罷對方便掛了線。之後我們到附近的酒店休息，等待約定時間的到來。
澳門的聯絡人告訴我，當地的情況仍然頗為複雜，各幫派之間情緒緊張，司警之中亦有黑道的線人，如非必要我們絕不可向任何人透露身分，以免遭到黑幫的報復。
夜幕低垂，我們四人站在僻靜無人的街道，等了一會兒後不遠處傳來車聲，然後一輛客貨車停了在我們面前。
車門打開，裡面的男人示意我們上車，並用布條蒙住我們的眼睛，幸好那三名南美人沒嚇得跳車逃亡或發出任何聲響，沒引起車內黑幫的懷疑。
我們無法得知黑幫的汽車駛向何方，只感覺到車子兜了一個又一個的圈，開了大概半小時後，客貨車停定，我們被告知可以脫下布條。
車外是一個空曠的地方，沒想到澳門還有如此偏僻之地，方圓百來米只有一棟廢棄工廠。
「你，入去攞貨。」開車的人指著我說。
女記者拉了拉我的手臂，想確定我是否遇上任何危險。
「*他要求我代你們去交易。」我向三名南美人說。
角色上攝影師才是這次的買家，女記者和另一位工作人員都是他的手下，那攝影師倒沒忘了他的身分，思考片刻後望向黑幫。

「*我怎樣檢查貨物是真是假？」他說。

隱藏的攝影機在攝影師的身上，假如只有我進內，他們便沒法拍攝最重要的畫面。

「佢問佢點樣 check 啲貨真定假喎。」我翻譯給那司機聽。

「翻版碟梗係假㗎啦！坐低陪你睇埋好唔好呀？你叫個南美佬一齊入去囉，叫佢唔好玩嘢呀！」他惡狠狠道。

我把話轉告攝影師，他決定與我一同進去，我們兩人便下了車步向那黑壓壓的工廠，那司機並沒下車，相信是留守監視另外兩位南美人。

工廠內只有微弱的燈光，我們看見廠內某處堆滿了盜版光碟，便慢慢走了過去。那一刻我沒辦法估計將會發生何事，假若黑幫知道我們並非真的買家，現場的情況絕難可以全身而退，廠內把守的幾名大漢神色不善打量我倆，那南美攝影師故作鎮定，向坐在那堆光碟旁邊的人點了點頭。

「嗰邊嗰兩箱。」那人指了指地上。

我向攝影師簡單交代，他把準備好的金額交到那人手上，然後我便搬起了那兩箱光碟，和攝影師轉身離開。

「等等。」那黑幫突叫停了我們。

我們與他對看，然後他好整以暇仔細打量著我。

「邊有翻譯好似你咁大隻㗎？」他滿臉狐疑說。

「除咗翻譯，我仲做埋佢哋保安。」我說的倒非謊話。其他的黑幫中人紛紛靠了過來，我臉上平靜，心底卻不無緊張，更在盤算該如何帶著攝影師突圍逃走，那人默不作聲看了我一會，終於揮揮手示意手下們放行。

登上車後，我們四人又再被蒙上眼睛，汽車發動引擎，一直開動十多分鐘後才讓我稍為放下心來。

隔了一段時候，車子突然剎停，我臉上的布條被扯下。

「落車！」開車的人打開了車門。

我發覺汽車停了在澳氹大橋中央，而非一開始上車的地點，但未等我們有任何詢問的空間，那人已將我們統統趕了下車，我們惟有從大橋步行回到澳門半島，不過總算脫了險境，三名南美電視台的人都抒了一口氣，那攝影師更一臉認真說自己差點嚇得腿軟跌倒。

走到大橋另一頭，我們愕然發現兩名司警站在不遠處，並似在等待我們的到來。

「*除非他們正式拘捕你，否則不要透露自己的身分，就說是來觀光的。」我連忙叮囑道。

當時社會環境較為複雜，司警之中可能存在與黑幫勾結的人員，再說兩名警員莫名其妙在此處出現，在情況未明下最好別相信任何人。

司警將我們帶回警局，並詢問為何深夜在大橋上步行，三名南美人搬出觀光的說詞，說要欣賞澳門夜景云云，然後司警便把眼光投到我身上。

「呢兩箱咩嚟呀？」他問道。

「佢哋買返南美嘅手信。」我說。

「老翻影碟嚟嗝。」他打開紙箱說。

「我打工啫，點知佢哋買咩做手信……」我一臉無辜說。

他們拿了我的身份證，不斷追問我的來歷等等，使我心內的懷疑更甚，幸好我先前對那黑幫頭目說的都是實話，我為三名南美人提供的包括了保安服務，而香港公司確實註冊為保安及調查服務。

證實我不是香港的警方或海關人員後，兩名司警便放了我們離去，也沒因那兩箱盜版影碟而留難我們，連夜趕回香港後，天也差不多快亮了。

第二天三名南美人赴機場準備回國，他們多番向我表示感謝，女記者和攝影師更給了我一個擁抱，並留下聯絡方式叮囑我將來若到南美一定要去找他們。

一個月後，南美電視台播出盜版影碟特輯，造成國際間的話題，澳門當局大為緊張，更大舉掃蕩當時的盜版工場，嚴例禁止市面上盜版影碟的買賣。老實說，當時我也神經質了好一陣子，生怕會遭到澳門黑幫的報復，令我和阿妙在調查另一宗案件時，對於可疑人士更格外留心。

然後，我遇上一個熟悉又意想不到的人，他像在等待我的到來般，從不遠處向我招手。

「仁哥，你朋友？」阿妙奇道。

「係呀……」我呆然說，「你返辦公室先呀……」

那在英國跟隨羅倫的青年，竟然在香港重現。

-調查先知-

跨國版權的有效性

無論是以任何形式、在任何地方作出盜版行為，都對原創人及其產業帶來傷害。舉例說一家香港公司發現某個國家有人對其品牌侵權並販賣翻版產品，而該國家和香港是同屬一個國際版權公約、條約或組織的成員的話，包括：《伯恩公約 (Berne Convention)》、《世界版權公約 (Universal Copyright Convention)》、保護音像製品製作者的《日內瓦公約 (Geneva Convention for the Protection of Producers of Phonograms)》、世界貿易組織（World Trade Organisation）及《與貿易有關的知識產權協議 (Agreement on Trade-Related Aspects of Intellectual Property Rights)》等，那麼該公司所擁有的品牌版權在該國家其實同樣有效。

如果盜版行為在香港發生，根據《版權條例》，一經定罪，最高可被判每件侵權物品罰款港幣五萬元及監禁四年；而根據《商品說明條例》，任何人銷售或管有作售賣用途的冒牌物品，即屬違法，最高可被判罰款港幣五十萬元及監禁五年。

當然，登記商標、版權、專利，是保護知識產權的第一步。而要將不法盜版之徒成功入罪，則必須要有充足的呈堂證據，調查公司在這方面便可以提供相關的專業搜證服務。

高仁 篇
FILE 2.7

當面對扭曲良心的差使

〝「其實邊度會有所謂嘅絕對正義，正確嘅手段做奸惡嘅事，奸惡嘅手段做正確嘅事，世事又豈只黑與白？」〞

（編按：人物對話＊原為英語）

「好耐冇見高先生。」

「你返咗嚟幾耐？」

「個幾星期左右，不過我兩三日後就走喇。」

我和那青年像久未見面的友人般寒暄，他說他只是回來處理一點家裡事情，過兩天便會離開香港。他的身分一直是我心裡未解的謎團，隨著羅倫病逝和其組織的瓦解，我對他並沒有太大敵意，相反還是好奇心佔得更多，然後我們到了一間酒吧，坐下來若無其事地閒聊起來。

他只肯透露自己洋名為Albert，初中的時候已被家人送往英國，而他與羅倫的關係竟是因一次偶然而起。

他十六歲那年在街上救了一名老太太，本來只道她是尋常老人家，看她身體抱恙便讓她到其家中休息，並嘗試聯絡老太太的家人。

那名老太太自然是羅倫，她著Albert不用通知任何人，並請求他讓她暫時留宿兩天。Albert當時獨居，沒想太多就答應了羅倫的要求。兩天後羅倫不告而別，直到一個月後再次出現在Albert面前，令Albert驚訝的是羅倫已徹底調查了他的背景，得悉他出身於較特殊的家庭，並表示願意將自己的知識教導給他。

「當時我知道羅倫太太嘅工作之後，幾乎冇乜點考慮就應承咗。」Albert像回憶起遙遠的往事。

「你學歷都唔差，點解要去學做一個販賣情報嘅罪犯？」我皺眉說。

「呢個就係我同你最大嘅唔同，你成長嘅環境令到你有正義感係理所當然，但我自細就喺爾虞我詐之中，羅倫太太簡直係我嘅救命稻草。」Albert嘆道。

Albert師承羅倫，我當然沒懷疑過他的能力，被他詳細調查過背景也非在意料之外，但他說的話卻教我大感奇怪。

「今日唔講呢啲，就當我哋係好耐冇見嘅朋友，一齊飲杯酒。」他看穿了我的想法。

說罷我們都沒再提起工作的事情，我倆都在英國待過一段時間，聊起的話題倒也不少。Albert大概是我遇過的人之中最聰明的那幾個，當打開話匣子後，他與尋常人並沒甚麼分別，這夜我們喝了一杯又一杯的啤酒，離開時大家都有點站不穩腳步了。

「其實邊度會有所謂嘅絕對正義，正確嘅手段做奸惡嘅事，奸惡嘅手段做正確嘅事，世事又豈只黑與白？」Albert大概是酒意太濃。

「條件苛刻唔代表冇，就算現實迫我哋要低頭妥協，都唔應該否定正義嘅存在。」我皺眉回應。

「……或者有一日，你做緊嘅嘢都會令你改變主意。」Albert沒再說下去。

我們走到街上，始終道不同，偶然的相遇終須一別。Albert留下了一個電郵，網域並非尋常可見的，他說這是一個只讀不回的秘密郵箱，假若想找他，可以給他發一個信息。

「多謝你，我一直以嚟都冇同朋友飲酒嘅機會，好耐未試過咁開心。」Albert說。

他向我揮手告別，望著他的背影沒進人群之中，不知為何顯得格外孤獨，像是將自己完全與世界切割開來。

後來我與他保持聯繫，每次他到香港來都會找我到那一家酒吧，我們避免談及工作的事情，彼此就像普通的好友般相聚。

＊＊＊

時光飛逝，幾年後香港分部的規模變得愈來愈大，英國總部的管理層亦出現人事變動，換成了許多新臉孔，並指派兩名主管級的人過來，各自出任另一調查隊伍的主管和香港分部的總經理。公司裡許多同僚當時與我一起作開荒牛，奮鬥了一段日子後團隊壯大起來，此時方突然空降的英國管理人員惹起內部不滿，認為是對分部不信任，甚至是過橋抽板的表現。

我當時並沒想太多，畢竟任何公司都躲不過人事變遷，具規模的組織更是充滿內部政治角力，然而，調查工作幹得再出色，處理內部問題卻是另一回事。

新的總經理將香港調查員隊伍分成兩大組，以英國特派調查主管 Philip 的隊伍為A隊，而我轄下舊有的香港同僚則為B隊，根據工作委託的重要性將任務分派予兩隊。接下來的一段時間，我的隊伍負責了大部分調查保險索償的工作，調查員每天都忙得不可開交。

對公司來說，與保險索償有關的委託是維持營運的基本元素，但每宗案件賺得的利益並不算太多，且工作程序一樣繁複，真正高回報的委託通常是指與富豪或大企業掛勾的案件，總經理和 Philip 便專門負責此類，並經常外出與大客戶應酬。

與我一起經歷過中國工廠事件的阿妙沒因此被嚇跑，更成了我們其中一名出色的調查員，最近我的調查隊工作太繁重，我也必須一起外出接任務，這天便和阿妙一起處理總經理委派的案件，守在伊莉莎白醫院大堂等待目標。

這次的目標是一名遭遇交通意外的大叔，他報稱腳傷致失去工作能力，保險公司便委託我們驗證真偽。

經過數天的觀察，這次的目標確實頗符合其上報的傷勢，交通意外之後大叔無力工作，身為家中經濟支柱的他尚有妻子及兩名就讀小學的子女，日子過得頗為艱苦。我和阿妙都沒看出任何可疑之處，便將事情如實報告，讓客戶可以安心進行賠償程序。

然而，兩天後總經理把我召了過去。

「*阿仁，客戶對你的工作不太滿意。」總經理淡然説。

「*哦？是説哪一個客戶的委託？」我聞言大訝。

「*就是你親自查的那個保險案，客戶認為你查得不夠徹底，投訴了好一會兒。」總經理長嘆道。

「*為甚麼？我們充分做完了所有調查步驟，足夠證明真偽了。」我皺眉說。

「*我也看了那目標的檔案，看上去是蠻慘的，會同情是理所當然，但你也該懂保險公司追求的是甚麼業績吧？你幹了那麼久該能找到蛛絲馬跡的，就當幫幫長期客戶跑年末的業績報告吧！」總經理說。

我忍不住站了起來，大概當時的模樣有點怒氣沖沖，嚇得總經理往後靠緊椅背，不敢與我搭話。

「*調查工作是中立的，無論目標是慘還是奸詐，我們只能反映真相，因為調查是建基於事實，而事實是絕不容扭曲的！」我斬釘截鐵說。

說罷我轉身走出總經理的房間，即使如何嘗試都按不住心裡的怒火，因為對我來說，調查工作就是幫助客戶找出真相，目標人物慘不慘並不會影響我的結果，身為公司的總經理沒可能不了解商探存在的基礎，他的話不但侮辱了我的專業性，更是直接羞辱我一直引以為傲的工作。

我斷然拒絕了總經理再調查目標的要求，只另外詳細交了一份報告，向客戶解釋我們如何定奪目標的傷勢孰真孰假，阿妙和其他隊員當然非常同意我的決定，但公司內部原本微細的刮痕已然演變成一道裂口，使得後來的事情一發不可收拾。

那一刻，我不禁想起Albert曾經說過的話，難道當真如他所言，世事沒有絕對正義可言？

－調查先知－

哈佛「正義」公開課

哈佛大學校徽上的校訓為拉丁文「Veritas」，意即「真理」。而對於如何解讀「正義」（Justice），每個人都可有自己的觀點與角度。大家也可瀏覽麥可· 桑德爾（Michael J. Sandel）教授在「哈佛正義課」網站上的視頻，或閱讀他撰寫的暢銷著作 *JUSTICE: What's the Right Thing to Do*（中譯本《正義：一場思辨之旅》。

麥可· 桑德爾於 1953 年出生，哈佛大學政治哲學教授，著名公共知識分子。1980 年第一次開課講「正義」時，學生只有寥寥十五人，之後他具啟發性的講學愈來愈受學生追捧，近年其課堂人數甚至破千。2009 年，哈佛決定把這門課向全球公開，將上課實況剪輯後在美國公共電視台播出。麥可· 桑德爾把教學內容著寫成書出版，迅即成為話題，全球已有十多種語言版本，在中國、香港、韓國、日本等地熱賣。

麥可· 桑德爾把何謂「正義」的理性討論帶進公共領域，透過社會實例喚起公民審視自己的正義觀，探討人性對某些具爭辯性事件所抱持著的信念，又何以會抱持著自己所認為的信念。

哈佛正義課網站：
www.justiceharvard.org

高仁 篇

FILE 2.8

酒店內的竊聽風雲

〃甫踏進酒店房間時使我吃了一驚，赫然看見房內擺好了竊聽的器材，收音用的儀器已對準了隔壁。〃

（編按：人物對話＊原為英語）

公司現時的總經理出身會計界，他的管理方針總與數字脫不了關係，不只香港分部的收益和成本，連員工的表現、調查員的時間表等等，都盡可能以數字量化。以量化作工具是管理組織的有用方法，尤其是對於不熟悉前線日常操作的管理層而言；不過，這種處理方法容易太過脫離人情，有時候會使員工士氣受到影響。

各部門為了達到高層定下的目標而疲於奔命，許多入職不久的調查員被這種工作模式嚇跑，使公司的人員流失愈來愈多，間接使各部門的工作量增加。

為了更有效利用資源，我與另一調查隊伍的主管 Philip 開始互相協調委託任務，其中一宗有關企業內部糾紛的案件便轉介了給我。這個客戶是某著名發展商，內部高層多為同一家族的成員，他們懷疑其中一名高層將商業機密洩露給競爭對手，便委託我們搜集證據。

客戶透露，這次的目標人物將會前往某酒店進行會議，並安排了相鄰的房間給我們，方便監視隔壁房間的動靜，我派了兩組人員日夜輪更跟蹤目標，以觀察目標會否與可疑人物接觸。

同日傍晚，我剛去完幾個總經理派遣的會議，便順道去探望一下工作中的隊員，至少在近日繁重的工作負擔中給予點鼓勵。

兩名調查員正在房間內駐守，甫踏進酒店房間時使我吃了一驚，赫然看見房內擺好了竊聽的器材，收音用的儀器已對準了隔壁。

「你哋喺度做咩呀？」我訝道。

「呃……係隔籬 team 幫手裝㗎，話一陣間隔籬房會開會，叫我哋錄低佢講嘅嘢……我哋仲以為仁哥你都知……」調查員呆道。

根據香港《基本法》第 30 條，原則上不容許竊聽行為，但政府一直未有根據此條立法，現行法例並沒明文規定懲戒偷聽通訊秘密。不過，公司的方針一向不碰間諜或販賣情報的工作，絕少會以竊聽手法處理案件，所以有關器材的出現才會令我如此驚訝，更別提是被另一名主管先斬後奏。

「如果酒店發現，公司可能會畀佢哋告，你哋等我打電話問清楚咩事先。」我皺起眉頭說。

「應該唔會啩，今朝我哋已經掛緊『請勿打擾』，唔會有人入嚟嘅。」

本來我正打算致電總經理問個究竟，聞得同僚之言馬上望向大門，卻發覺那張「請勿打擾」好整以暇掛了在房間內。

同僚見狀馬上搶步拿起門牌，打開房間門準備掛到外面去，哪知道走廊裡剛好有打掃衛生的阿姨經過，她舉目望進房間，剛好把愕然瞪目的我和身旁的竊聽裝備盡覽無遺。開門的同僚深知幹了蠢事，門自動關上，那阿姨急促的腳步聲傳了進來。

「快啲截住佢！」我連忙喊道。

同僚聞言焦急地衝了出去，可是不夠數秒便又退了回來，且臉上流露著不知所措的神色。

「咩事呀？」我忍不住問。

「目標……啱啱返到嚟呀……！」他說。

世事就是這麼愛作弄人，明明不想用偷聽方法的我卻被困於這情況，那阿姨肯定是去通報酒店的保安部，我們本來已來不及把房間內部還原，目標又剛好回到隔壁房間，使我們更不能被他發現這邊的異狀。

事到如今，我著兩名同僚守在房間內繼續工作，然後便撥通了給 Philip 的電話。

「*喂？」

「*酒店的人發現了竊聽儀器，我會暫時拖住他們，你和總經理快找找看任何酒店高層的聯絡，嘗試把事情壓下去。」我一口氣說。

「*你的人做事也太疏忽了吧，跟我有……」

「*別說廢話！若果我的人有甚麼閃失，我就把你們在香港的做法完完整整告訴威廉斯，讓英國那邊自己衡量好了。」我心中有氣說。

威廉斯雖已是退休之齡，但他與公司的老闆份屬好友，在高層之間仍甚有影響力，Philip

707

聞之馬上閉嘴，並説會立刻去辦。

酒店保安部的人已快來到此層，我走到升降機處等待，甫打開門便有兩人走了出來，其中一個是西裝打扮的高級人員。我把二人截住，並將自己的名片給了他們，表明身分是來自某家調查公司。

酒店保安部主管要求我們馬上停止所有工作，我暫時答應了他們，但前提是他們別讓隔壁房間的客戶被打擾，那保安主管猶豫了片刻，我借機拖延時間，告訴他們此事牽涉到商業詐騙等等。

一直談了十來分鐘，那保安主管的電話突然響起，他接過電話後神色凝重連連點頭，掛了線後，他按下升降機，示意另一名保安一同離去，彷彿我從來都沒出現過他們面前。

不用分説，我已知道是 Philip 難得的協助。

回到房間後，同僚們根據公司指示錄下了一些對話，然後我便示意他們提早下班，並著 Philip 派人來收回所有設備。

我一向頗抗拒竊聽的工作，因為搜證方式很可能會影響證據的合法性，以致不被法庭所接納，而與呈堂無關的則更可能被指涉及間諜行為和販賣情報，完全違反了公司一直以來的專業操守。

我氣沖沖回到辦公室找 Philip 對質，他搬出總經理當擋箭牌，於是三人便待在會議室裡僵持不下。

「*仁，香港這邊業績未達標，這次的發展商是個很大的客戶，將來可以為公司帶很多生意呀。」總經理的語調依舊溫吞。

「*所以你一開始就知道這件事？」我聞言怒道。

「*這次是 Philip 安排失當，畢竟資源不夠嘛，將就一下！」總經理沒回答我的問題。

「*安排失當？我們是調查公司，不是商業間諜情報販子，而且你愛幹嘛就自己去幹個夠，竟然用我的人來犯險，這算哪門子的安排失當?!」我一掌拍向桌面。

「*時代變了，總部那邊也早改了方針，工作簡單點也是便宜了你的人，看不通的只是你！」Philip 反擊說。

我被他的話激怒，一把拉起了他的衣領，嚇得總經理從座位站了起來。

「*這麼好的差事，哪你幹嘛不自己去做？」我瞪大雙眼說。

骯髒的手段幹正確的事，正確的手段幹骯髒的事，世界果然複雜得很，天真的只是我一人而已。不過，我接受不了這樣廉價的正義，那一天我正式辭職，離開這陪伴我近十年的工作崗位。

調查隊伍裡很多人都說要一起辭職，我叮囑阿妙要安撫同僚的霎時衝動，但卻反被她訓話。

「仁哥，你走咗班細嘅點搞得掂兩個鬼佬呀？要走就一齊走，你開過間新公司咪得囉！」她說。

我聞言一愕，非是我沒生過自組公司這念頭，只是沒想到一切來得這麼倉促。為了捍衛信念而作的衝動決定，卻因此改變了我的人生。

－調查先知－

關於「竊聽」的香港法例

按照《基本法》第 30 條規定，「香港居民的通訊自由和通訊秘密受法律的保護。除因公共安全和追查刑事犯罪的需要，由有關機關依照法律程序對通訊進行檢查外，任何部門或個人不得以任何理由，侵犯居民的通訊自由和通訊秘密。」

根據《截取通訊及監察條例》，執法機構要獲授權才可作竊聽行動，但條例只監管執法部門，不涵蓋普通市民。

個人資料私隱專員公署於 2004 年底發出的《僱主監察僱員工作活動須知》，以實務指引方式提醒僱主在監察員工時應先知會員工，而且只限於監聽或監視由僱主提供的通訊及電子設施。

〈個人資料（私隱）條例－保障個人資料私隱指引〉參考文件：
www.pcpd.org.hk/tc_chi/publications/files/monguide_c.pdf

虛偽和背叛——世間不變的道理

〃也許他本質與我並沒甚麼不同，但他身處的環境愈發使他對這些想法深信不疑，世事黑暗一面完全改變了一個人的心態。〃

（編按：人物對話*原為英語）

轉過工作的打工仔都知道，很多行業都有所謂的「過冷河」，意指在轉職到新公司之前，需要先捱過舊公司合約註明的一段時間，作用是保障舊公司的客戶關係，不讓員工離職時將業務一併帶走。

我離開英國的調查公司後，在香港度過數個月的失業假期，同時也在認真籌備自組公司的事情。

阿妙的一句説話使我當頭棒喝，當時香港的調查行業質素參差，即使我換一家調查公司工作，難免仍會發生類似的道德問題，唯有自組公司方能真正實現自己的信念。

當時我獨自成立一家新公司 Corporate Investigation (HK)，以往即使是管理一支二十來人的團隊，許多與財務、行政相關的事宜都有專人打理，但創業的話則都需要親力親為，許多

年青人都對創業有無限憧憬，但許多年後回看，那段實在是我最難捱的時期。

得知我離開公司後，英國的威廉斯曾和我傾談過，他知道我的想法後不但沒挽留我，更鼓勵我創出自己的一片天，他以私人名義給了我一筆資金，說要投資到我的公司，他的幫助成為了公司的初始資金，我租下一間辦公室單位並忙於張羅開業，久沒見面的 Albert 也送了一個果籃來。

＊＊＊

人生許多事情充滿因緣際會，在我放失業假的期間，舊公司管理出現問題，幾宗委託失利導致虧損，許多我以前的隊員都遭到解僱，於是我把那批舊隊員盡數招攬到自己的公司來，阿妙也來了作我的調查組組長。

有些舊客戶得知我自立門戶後，開始將一些委託轉介過來，於是我支撐起所有客戶管理、行政、調查等工作，每天只能睡上三、四個小時。

幸好從前的客戶仗義幫忙，得知我公司成立沒多久，主動將付款期縮短，使資金能流轉得更快，而隊員們也全力應付接連而來的委託，讓公司在短時間內竟已規模初成。

世事間的因緣際會也在開業初期的一宗案件中份外令人體會得到。

香港某家科技公司聘請了我們，原因是懷疑其銷售團隊密謀叛變，想搜集證據防止客戶資料外洩。那家公司的銷售團隊總共有十二名員工，而當時 CI 整家公司的人員也不過二十多人，甚至已包括了財務、行政等人員，所以我們根本沒可能進行一對一的跟蹤監察。

對那科技公司來說，最可怕的不只是整個銷售團隊的叛變，而是整個客戶名單被帶到競爭對手一方，所以一旦搜集了銷售人員欲跳槽的證據，該客戶便會使用「花園假期」（Garden Leave）和禁制令，阻止那十二人在半年內到任何競爭對手的公司去。

阿妙帶著兩名隊員在那公司附近盯梢，加上簡單的背景搜查，兩天後她便帶來一些發現。

「呢十二個人本身都有幾個小圈子，大家可以望下呢個關係圖。」阿妙說。

阿妙整理了一幅關係樹，將那十二人大約分成五個小組，每組大概兩三人，日常吃飯休息等時間都會以那幾組形式進出，如是者我們只需要以組別為單位作跟蹤，便能節省調查員的人手。

「咁我哋就分成五組咁做嘢啦，我負責呢組。」我說。

「老細你又嚟？」隊員聞言一呆。

「老咩細呀，唔使做咩！」我苦笑說。

我們各自跟著負責的那組人，從吃早餐到晚上酒吧消遣，當時公司的調查人員傾巢而出，為了這項任務不分晝夜監視。結果那群銷售人員確實有跳槽的打算，幾組人都曾談論過相關的事情，然後有一天，十二人共聚一堂，並與另一家科技公司的高層會面，似是敲定了合作的事宜。

我們把報告交給客戶，他是該公司的總經理，得到證據後便怒氣沖沖去了找那些銷售人員的晦氣，還硬迫了整個團隊放幾個月的有薪假期，以法律途徑防止公司的資料外洩。

但世事當真奇妙得很，半年後那十二人到了B科技公司，而B公司竟收購了客戶的公司，使其變成旗下的一項產品分支，那十二人中的兩位升職至產品及銷售的總經理，反過來變成客戶的上司，風水輪流轉，及後的故事也不用多說了。

＊＊＊

《大乘入楞伽經》曰：「一切法因緣生。」

從我投身調查業到後來自立門戶，一切事情都似受於因緣和合。

＊＊＊

某一天威廉斯打了長途電話給我，問起一些昔日我的陳年往事。

「*你還記得羅倫的學生？」威廉斯問道。

「*記得，怎麼了？」我沒跟他講過和Albert的事。

「*他……在這邊幹了些不得了的事情。」威廉斯說。

距離我碰見Albert已過了一年的光陰，威廉斯告訴我，當時羅倫提供證據瓦解了自己的組織，卻仍有數名成員僥倖避過了法律追究，Albert返回倫敦後改變了身分，然後加入了一個由那幾名成員建立的公司。

大半年後，該公司的數名高層因涉嫌賄賂公職人員、欺詐和黑金輸送被捕，事情更牽連到英國的國會議員及政府官員，造成社會轟動，而威廉斯的線人透露，所有證據都是由Albert秘密提供。

「*他留下一句話，『只有虛偽和背叛，才是世間不變的道理』。」

我聞言心內一陣戚然。

也許他本質與我並沒甚麼不同，但Albert身處的環境愈發使他對這些想法深信不疑，世事黑暗一面完全改變了一個人的心態。

「*那他的人呢？」我問道。

「*他在倫敦樹敵太多，已待不下去了，據説他已來到香港，我手頭上有一些關於他背景的資料，你有空便調查看看，或者自己也多加留心吧。」威廉斯説。

他把資料電郵了給我。

掛掉電話後，我陷進沉思之中。

窗外的街道依舊繁忙，但在常人察覺不到的暗處，社會正悄悄醞釀著巨浪。

電腦屏幕上出現了一張家庭照片，相中的男孩正是童年時的Albert，他笑得天真燦爛，父母皆長得雍容爾雅，然後我望向他家族的背景資料……

況氏家族，曾經是1950、60年代香港四大家族之一。
掌握全港地產、零售、金融、船務等產業。
奈何生意失敗導致家道衰落。
而家族生意失利的原因，竟是由背叛而起……

－調查先知－

關於「離職前有薪假期」（Garden Leave）

根據香港律師會的資料，僱主與客戶、供應商及業務相關的人士建立的商譽和公司機密資料受離職後就業限制保障。「離職前有薪假期」能保障以上利益。在該安排下，僱員在一段指定時間內不用工作，並由前僱主繼續全數或部分支薪。

除非僱主早前已在僱傭合約保留此權利，否則未經僱員同意，或不能要求放取離職前有薪假期。同時，條款是否可執行，須視乎安排是否用以保障僱主的合法利益， 且安排的期限不可長於保障該利益所需的時間。

高仁 篇

FILE 2.10

引誘舞弊的起端

〃許多企業缺乏內部監管的知識，加上社會外部壓力較大，才使很多人鋌而走險。〃

我不能自拔地讀著 Albert 家族的故事，愈了解他成長的背景，愈明白他對世間真理的扭曲認知從何而來。

他的家族曾經是何等輝煌，與中、英政府關係密切，涉足的產業無不是業界的龍頭，是一九五零、六零年代叱吒東南亞、香港舉足輕重的大家族。

＊＊＊

一九七一年夏天，十號颱風露絲吹襲香江，導致數百傷亡及逾五千人無家可歸，一艘美軍軍艦在維港擱淺，由此竟引發了一場不見於記錄的政治風波。當時的救援行動意外揭發了一件秘密，某些船員被懷疑帶走了與當時中國相關的情報，船上更藏有走私貨物及賄賂證據。

這件事情被港英政府壓了下來，但仍牽起了不少外交風波。調查之下，為美軍船員提供情報和走私貨物的，竟是況氏家族，而其家族與昔日華探長勾結及黑金輸送之事亦被掀出來，間接促使港英政府建立廉政公署的決心。

況氏家族在中、英兩方的關係大受影響，到了一九七零年代中期，許多地產及船務的大型項目出現嚴重錯失，直接導致企業倒閉，使況家開始步向衰落。

直到十多年後，當年的真相才被英國的情報機關披露出來。

一九七零年代，況家產業由三名得力助手管理，三人分別負責地產、保險和金融，是與Albert祖父打江山的兄弟幫。然而，那三人一直利用況家的人脈關係建立起自己的帝國，並使用詐騙、偽造文件等方式盜取況家的資源。

Albert的祖父一生最信任的三名好友，卻是摧毀況家江山的最大元兇。

一九七零年代後況家後人各散東西，Albert一家仍留在香港，但沒多久後父母離婚，母親更在他十四歲時車禍身亡。那三名背叛況家的助手從八零年代開始各自發跡，現時已是無人不識的富豪，成為新一代的香港豪門家族。

作為一代大家族的後人，Albert非但沒享受多少豪門的好處，更經歷了家族衰落的重大變遷，我不禁對他生起同情，也理解為何「正義」對他來説只是充滿了諷刺。

＊＊＊

我輾轉被繁忙的工作佔據了心神，公司的客戶逐漸增加，由一開始的保險公司到銀行和企業，團隊人數不斷擴大，調查人員是公司裡人數最多的部門，除了阿妙之外，我聘請了幾位行內資深的人選出任調查小組長，並以地區劃分每個小組。

公司成立初期適逢香港受「沙士」肆虐，經濟肅條社會充斥不安，商業罪案數字不斷上升。調查界著名的「舞弊三角論」指出，「壓力」、「機會」和「自我合理化」是三個導致企業內部欺詐的指標，當時許多企業缺乏內部監管的知識，加上社會外部壓力較大，才使很多人鋌而走險。

那時候我們接了一個委託，調查珠寶商的內部問題，珠寶商被客戶指控販賣次貨，東主發現倉庫內一些上等鑽石竟被調換，而店內從未安裝閉路電視，進貨的時候也沒清楚將來貨記錄，使得內奸的所為無法被查出。

為免打草驚蛇，我們的調查員必須秘密行事，跟蹤並觀察能夠進出倉庫調動貨品的幾名主管。大概是客戶走漏了風聲，幾名主管都小心謹慎得很，數天下來也找不出甚麼線索。當時公司未開設會計法證的部門，所以需要借助外部人員，坊間有一著名的會計法證專員，他的叔父是香港警方的高級督察羅Sir，他與我已相識幾年，在他牽頭下那法證專員便幫助我們處理這宗案件。

會計法證核對了該珠寶公司過去兩年來往的帳目，同時調查員和電腦搜證員亦從日常營運方式之中調查。隔了兩個星期後，三路人馬各自發現了端倪。

珠寶商的營業數字在兩年或以前皆錄得增長，唯獨是近大半年生意額下跌，但每一季的跌幅都維持在微妙的3到4%。

會計法證沒找到明顯的挪用資金狀況，卻從銷售部門的營業數字中察覺不妥，珠寶商對於單批或大批採購的客戶都會給予不同的折扣，理論上單一銷售金額愈大，折扣率自然愈高。這大半年銷售部門遞交的報告全都是金額龐大的交易，使珠寶商必須採用最大的折扣比率，會計法證專員卻發現，所謂的「大單」全都是銷售主管將不同單子東拼西湊而成，當中折扣的差額全被私吞。

調查員在連日秘密追蹤下，終找到了兩名主管私藏貨物的地址，他們從海外購買價錢便宜得多的珠寶次貨，並偷龍轉鳳換走公司倉庫裡的上等貨，偷偷放在工廠大廈的單位內以待轉售圖利。

電腦搜證則查出了他們轉售的方法，那兩名主管將換出來的高價貨賣給珠寶公司的舊客戶，並開設了一間名字與珠寶公司極為相似的商號，向那些舊客戶訛稱珠寶公司轉換了名字和銀行帳號。

一家公司內出現了幾種欺詐手法，當中牽涉的竟包括了兩名高級主管、銷售部門、司機等逾半員工，珠寶公司的老闆為此大受打擊，更在家休養了好一段時間。

我收到調查報告後，內心一直有種古怪的感覺，發生在珠寶店內的事似曾相識，細閱下來，竟與 Albert 祖父當年被得力助手出賣的情節如出一轍。算起時間，與 Albert 疑似潛逃回港的日子亦相近，許多看似無關痛癢的枝節卻彷彿暗藏玄機。我陷進了沉思之中，卻苦無求證的辦法。唯一的方法，便是找 Albert 當面問個清楚，於是我發了電郵給他，相約他到我們碰面的那家蘇格蘭酒吧。

我坐在酒吧裡，這裡就像是與現實分割開來的綠洲，只有在這裡才可以讓我和 Albert 忘記立場的問題，純粹討論有趣的案件和分享彼此的見聞，他總很巧妙地避開與自己背景有關的話題，而為了不破壞奇妙的友誼，我也故意不去追問。

不過，人終須面對現實。電郵約定時間的十數分鐘後，Albert 走進了酒吧，並點了杯黑啤在我對面坐了下來。

「唔好意思，我周圍行咗個圈肯定冇畀人跟蹤先入嚟。」Albert 若無其事說。

「今次返嚟唔走嘞？」我問道。

「都唔係，遲啲會去台灣同埋大陸。」Albert 說。

我們又像老朋友般聊起近況，他看上去成熟了，昔日倫敦相遇時的那份稚氣已不再存在，取而代之是埋藏得更深的城府，但和我說話的頃刻，眉宇間緊繃的肌肉緩緩展開，眼神也沒那麼防範。

雖然我和他相聚的機會不多，但彼此對談時都不需要多餘的話語，他大概已猜到我找他來的原因。我呷了一口酒，將最近調查的案件講了出來，Albert 默然不語，隔了一會兒後他輕嘆一聲。

「嗰間珠寶店嘅老闆，係香港其中一位富豪嘅女婿。」他說。

我隨即意會，那一位富豪自然是當年背叛況家的其中一人。

「你唔通要逐個逐個搵佢哋尋仇？你應該好清楚，呢三位富豪喺香港嘅生意有幾大。」我皺眉說。

「我只係想攞返本來屬於我嘅嘢，佢哋當年靠呃返嚟，我今日都可以呃返去。」他搖頭說。

「咁點呀？以後你就喺香港賣商業情報，做詐騙顧問咁呀？你未達到目的就已經畀人拉去坐監啦！」我說。

「法律從來只係制裁窮人，唔通你仲覺得呢個社會只有所謂正確嘅正義？再講，就算係你，我都唔覺得你有辦法捉得到我。」Albert 坦白說。

「用奸惡嘅手段係做唔到正義嘅事，如果你想尋找正義，應該換一種方式。」我斬釘截鐵說。

「動機、手段、結果，究竟邊一樣先係最重要？」

我們沒有再從效益主義或自由主義的角度爭拗下去，當大家的價值觀是如此背道而馳，已非三言兩語能夠改變彼此的想法。

Albert 喝掉了啤酒，然後放下了一張百元紙鈔，他凝神看著我，似欲把我的樣子記憶下來。

「朋友，我哋嘅世界太唔同嘞，或者你見唔到我會好過啲。」

說完這句話後，Albert 從我的視線中離開了。

往後的數年，我都沒有再碰見過他，但我心裡很清楚，他的身影始終隱藏在香港商業世界中的某處暗角落，而我亦一直沒放棄過尋找他的下落。

不過，Albert 就像人間蒸發了一樣，他沒有再進行任何復仇計劃，至少在我的明查暗訪下，我都沒能發現任何蛛絲馬跡。

—調查先知—

關於「舞弊三角論」

這個理論由美國註冊舞弊審核師協會 (ACFE) 的創始人史蒂文· 阿伯雷齊特 (W.Steve Albrecht) 提出，他認為，導致企業內部舞弊的三大要素為：「壓力」（pressure）、「機會」（opportunity）和「自我合理化」（rationalization），情況就有如燃燒的產生，必須要同時包括：「熱度」、「燃料」、「氧氣」這三大要素才成事。

壓力，很多時是因為陷於財務困境中；機會，是指寬鬆的內部監管而產生漏洞；自我合理化，則是替所作行為的自圓其說，例如：「我只是為了暫時過度困難時期」、「我這樣做是為了更好的未來」等，在三種元素的互動效應作用下，便誘人步向鋌而走險的行徑。

高仁 篇

FILE 2.11

「我想做商探！」

〃很多人在選擇工作時，會根據收入和前景作主要考慮因素，往往也因此而對工作缺乏熱情，以致連年輕人都變得世故。〃

CI的業務漸見穩定，公司的團隊不斷擴展，無論是調查員或資料搜查等的人員都增加了許多，我也得以從前線退下來，專注於公司的管理方面。

看著公司裡年輕的調查員，我總會想起當初投身行業的滿腔熱血，管理一家公司需要顧及許多事情，雖說多年下來甚麼也習慣得了，但我始終難忘廢寢忘餐地追查一宗案件的感覺。

「高生，咁呢單 case 就由我呢邊處理？」

阿妙的話將我拉回會議之中。

我們剛接了一個新的委託，要幫助客戶調查內部人員盜取資金的事情。

這些年頭別人大多都叫我「高生」，這種距離感我一直難以習慣。

我望看桌上的文件，是次委託不算太複雜，首先由資料搜查部和會計法證找出該公司的可疑帳目和人員，然後交由調查組作監視便可。

「好呀，你哋去搞啦，我睇下有時間都過嚟望下。」我應道。

幾位組長和其他部門的同僚望向我，似是對我剛才的話有點意見。

「老細……你過嚟啲同事可能會緊張喎……」一個組長說。

「唔係啩，探下同事班都緊張？」我失笑說。

「你都好耐冇落過場嘞，怕嚇親同事咋！」阿妙沒好氣道。

當日跟隨我的小妮子已成為公司資深的調查組長，她向來講話直接，此言一出，其他同事都忍不住笑意。

「好啦好啦！唉，當我冇講過嘞得未呀！」我氣結道。

會議完結後，我在房間裡讀著資料搜查部肥虎找出的線索。

根據會計法證的核數結果，出現問題的該是會計部門，而會計部的人事關係則被肥虎列了出來，其中兩名員工的家境較有困難，如果以「舞弊三角論」的角度思考，這兩名自然是首要嫌疑人。

剛好下午沒有別的會議，我找了個藉口溜出辦公室，前往客戶公司的所在。

客戶是一家物流公司，我坐在附近的一家茶餐廳，窗口位置正好能望見大廈的主要出入口。到了下班時間，物流公司的人紛紛下班離去。

財務部的兩名女職員先後離開，她們是名單上的嫌疑人，我的同僚就在不遠處跟蹤其去向，然後我的目光放在另一名從大門步出的職員身上。

他也是會計部的人員，且是部門內經理級以下僅有的男性員工，只見他沒有像其他人般匆忙走往地鐵站，而是步伐緩慢地進了隔一條街的咖啡店。

我心頭一動，尋常打工仔一下班巴不得離公司愈遠愈好，甚少會有閒情在傍晚時段去喝咖啡，於是我默默盯著那男員工的動向。

大概半小時後，會計部的男經理也走了出來。

他拿著手機一路步行到街角的露天停車場，他開的車駛到路邊，沒多久那名男員工從咖啡店步出，左右顧盼後登上車一同離去。

調查員的經驗告訴我當中另有文章。

於是，回到公司後我著阿妙把目標改作此二人，她沒問太多，只是與其他同事向我投以古怪的眼神，彷彿我作了甚麼壞事一樣。

兩天後，調查員發現那二人的關係匪淺，原來會計部的經理與該名男員工實是好友。

「但係有件事好奇怪，我做嘢嗰陣時發現佢公司有個人都喺度跟蹤緊嗰個會計男員工。」

負責此案的 Jimmy 說。

「咩人嚟㗎？唔會係其他行家嘛？」阿妙訝道。

「應該唔係，我睇返資料，係新請返嚟嘅畢業生，而且佢完全冇跟人嘅技巧，我估佢已經畀人發現咗。」Jimmy 說。

「咁樣……你哋下次幾時再去？」我沉吟說。

「聽日呀。」Jimmy 沒想太多便回答，阿妙已經猜到我的意圖，可是這次她沒阻止我，只是皺了一下眉。

第二天的行動裡，Jimmy 和另一位調查員負責跟蹤目標人物，我跟在他們後頭。沒多久，果然看見一個年輕人悄悄尾隨我們的目標。他沒發現我們調查員的蹤影，跟蹤亦毫無技巧可言，糟糕的是似乎連目標人物都察覺到他的存在。

轉進一冷巷後，但見那年輕人腳步漸見沉重，似是站立不穩，搖搖晃晃地靠在牆上，沒多久更倒了下來。

此時目標人物回過頭來，正準備走向這位暈倒的年輕人，我頓時明白，那年輕人的行動早被目標發現，一切盡在對方的算計之中。

「咦！先生你有冇事呀？」

沒辦法之下，我裝作是經過的路人，走進後巷大呼小叫。

目標人物見狀連忙轉身逃跑，Jimmy 仍跟在他的後頭。

我則步近那暈倒的年輕人，看樣子是著了迷暈藥的道兒，於是我抱起他，將他帶到附近一間診所。

＊＊＊

這年輕人名叫梁諾，是客戶公司新聘請的畢業生，他醒來後把原委統統告訴了我。

傾談之下，我感覺到他和威廉斯一樣，有著與旁人不同的觀察力，他發現公司內部的可疑事件後，竟自發調查起來。

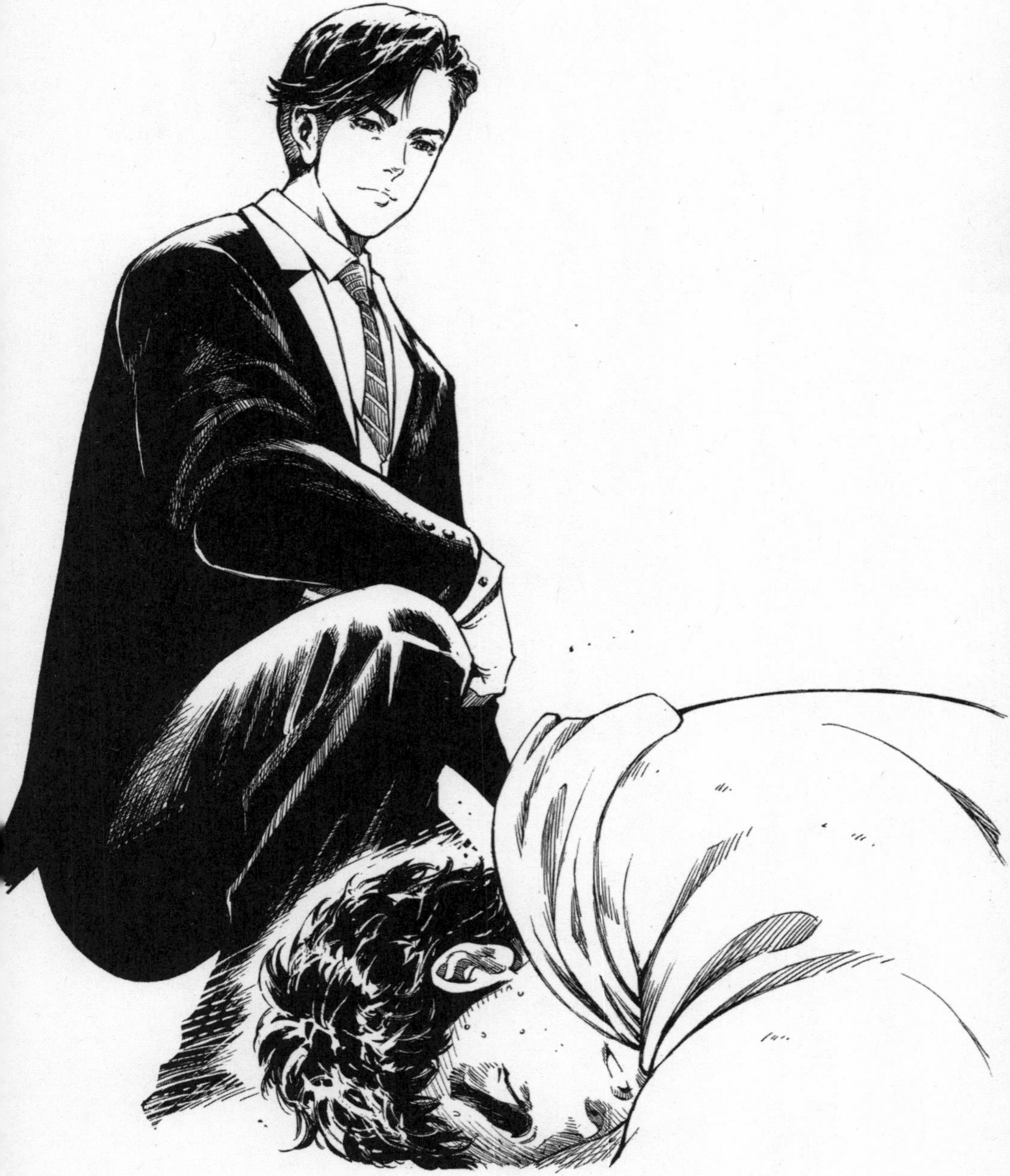

很多人在選擇工作時，會根據收入和前景作主要考慮因素，往往也因此而對工作缺乏熱情，以致連年輕人都變得世故，衝勁和好奇心本是青春獨有的優勢，我望向這不知天高地厚的小子，想起了自己從前毫無顧慮的日子……

＊＊＊

我們把調查結果通知了客戶，那兩位盜取內部資金的員工已被逮捕。

數天後，我到客戶的公司作最後一次會面，完結後我踏出大樓截的士，這時梁諾衝了出來，並氣喘呼呼喊住我。

「高生！」

年輕人激動的神情掩蓋不了心事，我大概已能猜到他準備説甚麼。

「我想……我想去你公司做調查員！」

我忍不住臉上的笑意。

世間的知識和技藝，都需要傳承下去，昔日從不同前輩學習的日子彷彿過眼雲煙，沒想到我竟也到了將「商探」薪火相傳的時候了。

梁諾的出現，就像人生路上的一塊里程碑，提醒我把一切的知識和經驗傳授給後來的同路人，使這條商探之路能一直開拓下去。

「你比我更加有做調查員嘅潛質。」我説。

「真係㗎?!」

梁諾聞言大喜。

「冇錯，調查員首要條件，就係唔可以太靚仔。」我笑道。

為追求利益捨棄正義非常容易，商業世界本來就是如此。

數字永遠比起道德更有分量。

要在紙醉金迷之中保持清醒，殊不容易。

所以，商探的路，從來都是孤獨的。

我們能依靠的，便只有真理。

－調查先知－

加入成為商探

商業調查員（即是「商探」），負責調查各類商業案件，針對不同的案子收集重要的情報和證據。商探大致上有以下幾項主要職責：

- 參與調查行動，例如跟蹤目標、從不同途徑收集情報；
- 撰寫調查報告，協助計劃下一步行動；
- 與其他部門保持良好溝通，共同籌劃調查行動；
- 整理調查過程中所收集的錄音、視像檔案，或其他有用的證據；
- 在互聯網進行簡單的資料搜集，為調查行動作好準備；
- 偶爾需要準備呈堂供詞。

這是充滿挑戰和滿足感的工作，尤其適合本身喜歡戶外活動和輪班工作的人士！

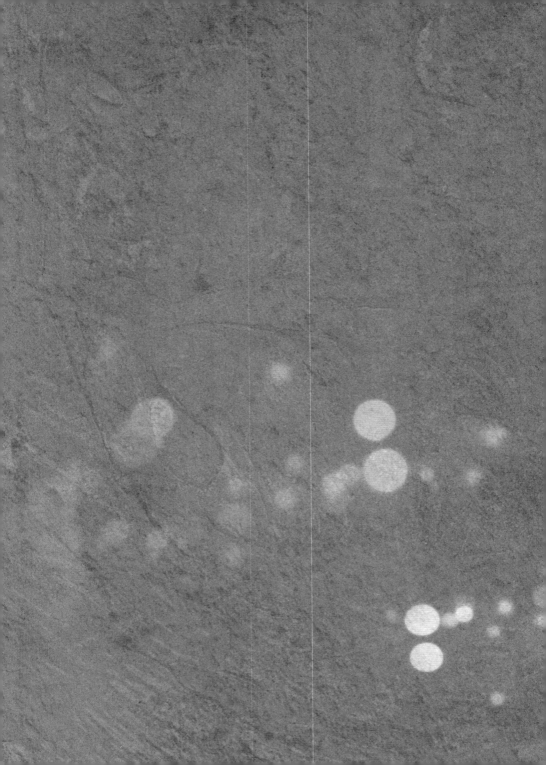

候鳥
篇

候鳥 篇

FILE 3.1

一次「盡職誠信」調查記

//調查公司的角色，是查證有關企業過往有否涉及欺詐或誠信等問題，上市公司需要向公眾披露一切影響市場價值的資料，讓投資者判斷其將來的發展性等等。//

回歸以後經過了二十載的光陰，世事和人情變遷幾多，但香港終究還是國際商業都會，即使時代如何變化，只要人性依舊，同樣的故事仍然會繼續上演。

時間是二零一八年，距離高仁設立「候鳥」秘密隊伍已經兩個月，自從當年與Albert況紀華不歡而散後，高仁沒法再尋找到他的蹤影，直至數年後的今天，況紀華再次在香港出現，發現他的是CI的新晉調查員梁諾。

高仁深信況紀華的目標是害得他家道衰落的三名富豪，多年來他整理了一份名單，仔細列出了三名富豪旗下公司和產業。如果況紀華想報仇，他必定會想辦法接近名單上任何一間公司，而「候鳥」任務初期的調查方向便是從這份名單開始。

而人算不如天算，苦尋兩個月無結果，真正的線索卻自己找上門來。

一家由夫婦創辦的本地公司打算上市集資，一般上市公司都需要進行「Due diligence」（「盡職調查」），CI 被委託為該公司的誠信部分作分析。

「盡職調查」通常是指在企業進行收購或上市前，由各方專家進行的調查和分析，多從財務、法律、營銷等著手，用意是找出潛在風險，包括對收購或未來投資收益的影響。

調查公司的角色，是查證有關企業過往有否涉及欺詐或誠信等問題，上市公司需要向公眾披露一切影響市場價值的資料，讓投資者判斷其將來的發展性等等，當中包括股東之間的關係，假如兩名創辦人的身分是夫婦或親人，則可能需要調查誰實則掌握企業決策權，另一人會否只是沒有實權的傀儡等等。

不過這次的委託相當奇怪，因為創辦人之一的丈夫指名要調查其妻子近來的行為，且非與外遇有關，而是丈夫懷疑妻子蒙受欺騙。

梁諾和 Jimmy 負責此案，他倆根據委託人提供的資料，在妻子日常出現的地點跟蹤了好幾天，健身室、市場、辦公室、住所，調查之下得知其妻子的日常生活只來往青衣和觀塘兩個區域，然而，每個星期三的下午時段，她都會特意喬裝外出，但當然那並沒法瞞過梁諾雙眼。

「呢個人相當有嫌疑，仲唔係紅杏出牆！」Jimmy 說。

「唔係喎……佢著到似拜山多啲喎……」梁諾深感奇怪。

只見那妻子穿著麻色上衣和素白色長裙，頭戴帽子和墨鏡，擺明是怕被熟人認出，梁諾和 Jimmy 尾隨她而去。她步進了屯門一棟唐樓，逗留了兩小時後和一男人結伴離開。

本來表面跡象似是一宗外遇事件，奈何那二人的裝束實在太過怪誕，尤其那男的，看上去似是甚麼教主一樣，梁諾把二人並肩的照片拍下，並返回辦公室向組長阿妙報告。

「你點睇？」阿妙看畢照片後反問梁諾。

「個客講明懷疑老婆畀人呃，如果佢覺得係外遇就一早搵咗私家偵探去跟，睇返呢個男人嘅造型，更加似係啲邪教師父，對個客嚟講，最重要係搵到證據證明呢個係神棍。」梁諾分析說。

阿妙甚是讚賞地微笑，在公司所有調查員裡頭，梁諾是進步最快速及明顯的一個，現已漸有獨當一面的風範。

「好呀，咁我扔畀肥虎嗰邊起下佢底先啦，點呀要兼顧埋老細嗰邊會唔會太辛苦呀？」阿妙問道。

阿妙指的是「候鳥」任務。一開始時要另外抽出時間跟進確是頗為辛苦，但調查缺乏線索而漸無以為繼，對梁諾來說，這種無力感才更折磨人。

「唉，去到呢一刻，我寧願忙啲好過呀！」梁諾苦笑說。

「呢單嘢……都拖咗咁多年，慢慢嚟啦！」阿妙反過來安慰道。

那神棍的照片和地址被送到了「起底之虎」手上，網絡確實是可怕的工具，那神棍的真實姓名、就讀中學、甚至是前女友等等資料都被肥虎查了出來。此獠原名鄭小強，曾因涉嫌詐騙被警方立案，現時自稱是「轉世靈童」，專門為闊太名媛作法改運。

那委託人得知自己所懷疑的事情成真，他發現妻子近來瘋狂購買各種祈福風水物品，生怕是公司上市之事使她精神壓力太大，但單憑言語無法說服妻子，便連番拜託高仁找出神棍的詐騙證據。

要查證騙徒手法倒非難事，梁諾和 Jimmy 打聽神棍一般「作法」的過程，並以盯梢形式追蹤神棍的日常行事，從中拍下詐騙行為的證據。不過，神棍的身分背景卻引起了高仁的注意。這位鄭小強學歷不高，以往牽涉的案件也只是小規模的行騙，不知為何近年搖身一變成為了狡猾的風水師，更能接觸到不同的上流階層。

另一邊廂，梁諾跟著神棍來到街市，拍下了他購買活龜的照片，同類的活龜曾在委託人家中出現，神棍在龜殼上畫了一些符文和圖案，然後便聲稱那是西藏福地出生的百年靈龜，以天價售予信徒。

連同這些證據和調查員報告，委託人為了使妻子信服，更將她帶了上 CI 的辦公室，本來妻子是調查對象，鑒於專業性並不能曝露調查公司的身分，可是在委託人的懇求下，高仁才決定破例一次。

「老婆，你信我啦，嗰條友神棍嚟㗎！」委託人把所有照片攤在妻子面前。

妻子臉上變色，她拿著照片仔細端詳，作為公司創辦人的她本應非常精明，只是鬼迷心竅下才會受到蒙騙，而隱約間她也知道神棍靠不住，現在各種證據就在眼前，使她終須接受現實沒法自欺欺人。

她雙手微顫看著神棍在街市買龜的照片，眼淚忍不住從臉頰滑落。

「對唔住……我……公司緊要關頭我唔想……有咩問題……點知原來我先係最大……嘅問

題……」妻子哽咽說。

委託人摟住了她，少不免是連連安慰，原來他們的上市之路並不順暢，市場內的主要競爭對手不斷進逼，使得他們業績連番受挫，同時行內也傳出他們背後資金不明的流言，使兩夫婦壓力倍增。

「算啦老婆……如果盤生意搞到咁唔開心，搞落去都冇意思，我哋賣咗佢算啦……」委託人長嘆道，

「唔好意思，我想問太太你係點樣認識呢個人㗎？」高仁突然插嘴問道。

「……係朋友介紹……話佢好靈……」那妻子不明所以答道。

「可唔可以畀嗰位朋友嘅名同資料我？」高仁說。

「唔緊要啦高生，依家都無謂去追究責任嘞……」委託人誤會了高仁的意圖。

「你哋誤會嘞，我相信呢單case仲未完結，因為我懷疑有人蓄意埋你哋身，想破壞你哋公司上市嘅計劃。」高仁說。

高仁拿著一份資料，上面列了委託人公司的主要競爭對手，其中一間被他用螢光筆勾了出來，那家公司隸屬於香港著名的集團，集團創辦人名為樂銘剛，是況家當年三大助手之一。

－調查先知－

有關「盡職調查」

「盡職調查」（Due Diligence）普遍應用在建立業務關係之前，對未來客戶、合資企業、新業務夥伴、投資者、特許經營商、供應商等進行調查，也用於供應鏈管理、併購活動、建立分銷網路等商業活動。通常調查分三部分：「全面調查」、「企業誠信」，以及「法律訴訟及相關事宜」。如果是進行「全面調查」，調查員需要去了解目標公司的現況、業績、對未來的財務預測，以及揭露隱藏的股權、未披露的負債或任何可疑的交易等，也會核實目標公司的資料，揭露其任何不道德的行為。

「企業誠信」方面，會調查目標公司的管理模式、企業聲譽、過往或將建立合作關係的業務夥伴與其他聯營企業的關係和併購狀況，從而鑒別該公司的信譽和誠信。

「法律訴訟及相關事宜」調查，則是揭露目標公司過去、現在或待判的法律案件，以及公司是否有遵從稅務條例，是否存有可能導致負債的不利消息等。

「跟蹤」與「反跟蹤」鬥智行動

〝他走下了車，然後仔視端望四周後又小心翼翼走進車廂，這是典型知道自己會被跟蹤的反應。〞

送走了委託人和他的太太後，CI進行了一次內部會議，參與的是阿妙、肥虎和梁諾，高仁把資料放到眾人面前，上面大多與樂銘剛集團業務相關。這次的會議表面上是討論是次委託的內容，但參與的數人全都是「候鳥」任務的隊員，各人都很清楚高仁另有用意。

「呢個神棍係近呢一年先突然開始接觸上流人士，之前只不過係普通騙徒仔，如果冇人帶路根本冇可能識到呢班闊太。」高仁說。

「呢個神棍醒呀，連Facebook都delete埋，想搵到佢以前啲嘢都唔係咁易。」肥虎說。

「老細你懷疑呢單嘢同況紀華有關？」阿妙問道。

「係，直覺上我覺得呢件事有啲蹺蹊，我覺得可以用啲時間跟下。」高仁點頭說。

「但係……如果個神棍係樂氏請返嚟嘅，況紀華冇理由會幫自己仇家手㗎？」梁諾一臉疑惑說。

「我哋之前調查唔到啲咩出嚟，應該就係方向錯咗，Albert 係個極之聰明嘅人，佢未必會用咁直接嘅方式去達到佢嘅目的。」高仁回答說。

高仁沒有解釋太多，因為現時並沒太多證據去支持他的猜測，但眾人都相信他的直覺，於是隊伍的調查方向便轉為神棍與樂銘剛之間的關係。

一個龐大的集團裡上層與中層之間相隔萬重山，樹大有枯枝，很多人為了爭名奪位，會想盡辦法力求表現，這種人最樂於鋌而走險，只要找對了方法，要接近這類人並非難事。利用神棍來影響競爭對手，這絕非是集團會議中能討論的事項，提出和執行這主意的極有可能是急於領功的中高層人員，亦只有這種人才最容易被況紀華利用。

神棍作息時間混亂，他有時候會睡到中午，有時候則黃昏才開始活動，每天除了張羅作法用具外，大部分時間都是應酬各個闊太。終於等到某一天，神棍謝絕了所有預約，並鬼鬼祟祟地從唐樓離開，他從屯門站乘坐地鐵，梁諾和阿妙在另一車廂裡監視著他。

當列車停在錦上路站時，他走下了車，然後仔視端望四周後又小心翼翼走進車廂，這是典型知道自己會被跟蹤的反應，幸好阿妙和梁諾被急忙湧上車的乘客擋住。梁諾心裡不禁佩服高仁的直覺，單憑這反應便已證明這神棍殊不簡單，說不定背後果真隱藏著況紀華的蹤影。

他們一直尾隨神棍來到佐敦，神棍走進了一家茶餐廳，從街道外望進去，可看見背對著大門的位置坐了一名西裝男，神棍畢恭畢敬地與他談話，兩人聊了大半個小時後方前後腳從餐廳離去。

「點算呀妙姐，跟邊個好？」梁諾問道。

政府註冊信心保證
℞

「呢個人……唔係況紀華嚟……」阿妙看著那西裝男說。

此時二人各向街道的左右方向離去，假如再不開展跟蹤行動，便極有可能會喪失兩人的蹤影。

「妙姐？」梁諾催促道。

「你照跟住神棍先，我去跟呢個人。」阿妙說罷便走了出去。

得到指令後梁諾自然繼續進行任務，只是他心裡卻泛起了疑問，除了老闆之外，妙姐大概是隊伍中較熟悉況紀華的人，若果神棍會面的對象並非況紀華，那他為何會如此恭敬？其中最大的可能性，便是神棍背後確實另有高人操縱，只是這人並非況紀華罷了。

神棍沒有再與甚麼可疑人物碰面，梁諾正打算向阿妙匯報時，阿妙卻先打電話來了。

「呢個人同樂氏嘅人見過面，高生嘅推斷無錯，神棍的確同樂氏有關連！」阿妙說。

阿妙拍下了關鍵的照片，先前被神棍欺騙的客戶沒再要求追查下去，但高仁仍把最新的發現告知了他們。只是假若客戶決定搜集更多的資料作提告證供，當中牽涉的人力物力將是甚多，且一旦進入司法程序，所需的時間便會無限期延長，這便反而會大為影響他們的上市計劃。

經過調查事件後，那對客戶夫婦有感人生苦短，最終決定盡早將生意變賣，兩夫婦提早去過半退休的生活。

於是乎，高仁便把調查方向集中在樂氏集團一方。

樂氏集團在香港紮根多年，現時在香港主營電訊業、餐飲業、保險業等等，神棍這條線索將「候鳥」小隊引導至樂氏公關部的一名高層人員身上。

與CI平常的工作內容不同，這次他們的目標並不是尋找供以訴訟的證據，高仁待肥虎找到該名高層人員的名字和聯絡方法後，便隻身前往尋找這名人員。

正值午飯時段，金鐘一帶擠滿了外出用膳的白領階層，高仁發現目標正在咖啡店買咖啡，待他動身返回辦公室的時候，高仁便走了上前。

「你好，請問係咪張XX先生？」高仁説。

那人眼神不無警惕，高仁事前已對他做過背景調查，大概也知道他是甚麼類型的人。

「我係CI調查公司嘅，關於XX公司上市，想請教一啲問題。」高仁開門見山説。

「我咩都唔知喎！」那人聞言臉色大變，轉身便想逃。

「如果神棍件事通咗出嚟，我相信你上頭唔會孭任何責任，只會推晒落你身上。」高仁不徐不疾説。

那人渾身一震停止腳步，然後狀甚無奈地回過身望向高仁，威廉斯當年略教的迫供手段大派用場。

「你想點呀……」

「我想知道個中間人嘅身分同埋你哋之間嘅聯絡方式。」高仁説。

「我都唔知佢叫咩名㗎，得個電話咋……」那人苦著臉説。

高仁知道這人是屬於明哲保身的類型，兼且他不知道高仁到底掌握了多少證據，所以提供的資料該不敢有假，待他提供完電話號碼、日常聯絡習慣和一些基本外形特徵後，便放他離去。

「你唔好再參與呢件事，返到公司即刻請大假去十日八日旅行，否則我就當你係呢單案嘅主腦，張生。」高仁警告說。

那姓張的嚇得臉色煞白，點頭如搗蒜，這類人對事業有野心，但膽子卻不大，大多都是被上層利用作爛頭卒。

高仁望向那組電話號碼，就算不叫肥虎搜查他也明白這只是一組「太空號碼」，他根據那姓張說的方法，用手機撥打過去，第一次響兩遍後把手機掛斷，然後再打一次，如是者重複至第三次時，才終於接通對方。

「喂。」對方的聲線頗為低沉。

「你好，我係樂氏公關部嘅代表，想同你傾一傾樂氏嘅新項目。」高仁說。

「……張先生呢？」

「佢放緊大假，暫時會由我接手。」

「好，聽日下午三點我會畀個地點你，記得聽電話。」

通話完結，明天便能會一會這名神秘的中間人，高仁只望自己的直覺沒出錯，最終可藉此找到況紀華的蹤影。

－調查先知－

「太空號碼」詐騙手法

香港每年都有很多不同類型的詐騙案，裝成宗教人士是其中一種，但最常見的，卻是假扮成受害人的親友。

騙徒常用俗稱的「太空卡」，即無身分顯示的號碼，使受害人難以追查源頭。而近來新型的騙案所使用的電話號碼，甚至可顯示出來電者名稱，以常見的名字假扮受害者的友人，如遇上此類可疑來電，緊記掛線後再次致電真正的友人，以核實身分。

警務處防騙熱線：187222

候鳥 篇

FILE 3.3

隨時入戲的角色扮演

//「根據英國調查指出，動作較為女性化嘅男人一般會令人減低警覺性。」//

高仁找到與神棍代理人會面的機會，前提是他必須假裝成樂氏集團的代表，於是他正認真思考應該帶同哪位隊員一起赴會。

阿妙可扮成他的秘書，但如此下來兩人的感覺太過犀利，對方警覺性高，難保不會察覺端倪。最好的組合該是高仁配上一名不太起眼的助手，讓對方的注意力集中在高仁身上，方便拍檔暗中觀察。

順理成章之下，高仁找了梁諾一同赴會，由於這次的會面是絕無僅有的機會，梁諾為此緊張萬分，手忙腳亂得連肥虎都看不下去。

「你冷靜少少啦，有老細傍住你驚乜呀！」肥虎笑罵說。

「唔……唔係呀虎哥，我之前離遠見過嗰個目標人物，我怕佢認得我呀！」梁諾說。

「所以咪需要喬裝囉！」高仁突然從後插嘴。

由於會面的人物極可能便是況紀華本人，高仁會先讓梁諾與對方碰面，為了安全起見，梁諾需要改變裝扮，而這任務便由阿妙和 Sandy 負責。

Sandy 煞有介事地帶了一大堆服裝和飾物回來，她與阿妙都非常起勁，這反讓梁諾心生不安。

「我哋幫你諗過啦，你扮一個出嚟做嘢冇幾耐嘅新人，動作要緊張得嚟有少少似女仔。」阿妙微笑說。

「點解要有少少似女仔呀？」梁諾一驚說。

「哦，根據英國調查指出，動作較為女性化嘅男人一般會令人減低警覺性。」Sandy 有備而來。

「又英國調查？我唔信！」梁諾抗議。

奈何梁諾拗不過兩位女前輩，他被悉心打扮一番，身穿緊身西裝，頭髮還弄成三七分界，配合他本就緊張的神情，與設定的角色倒真有八分相似。

終於到了約定的時間，梁諾首先步進了餐廳，他坐在角落的卡座，靜待目標的到來。高仁與 Sandy 待在對面馬路的汽車裡，一旦梁諾確認目標人物是否況紀華，他們便會有相應的行動。

過了十分鐘，一個男人緩緩走向梁諾那邊，然後在他的對面坐下來。

「你就係打畀我嗰個？」那人疑道。

「唔……唔好意思，我老細塞車過緊嚟……」梁諾點頭說。

「OK，唔緊要。」那人淡然回答。

他的聲音確實是高仁電話中對話的那位，隔了沒多久，高仁走進餐廳，然後向梁諾和那人打招呼。這位出現的目標並不是況紀華，而是一名年約三十多歲的男人，他看見高仁後也沒太大反應，於是高仁便依照計劃講了一個假的項目。

「我哋嚟緊想發展保險嗰邊嘅業務，但係有間競爭對手不斷搶走現有嘅客戶，由於呢個項目規模比較大，我想知道你夠唔夠人手去接呢個工作。」高仁說。

「呢層你放心，經過上次嘅工作，我諗樂生都知道我哋嘅團隊足夠勝任。」那人說。

「事關重大，我希望你同你嘅人傾一傾，今次項目對集團影響好大，亦都係公司內部嘅秘密行動，我絕對孭唔起失敗嘅責任。」高仁凝重地說。

然後高仁講了一堆虛構的細節，甚至還弄了假的報告出來，乘著兩人在討論細節之時，梁諾仔細觀察對方的行為舉止，並偷偷用電話把他的樣子拍攝下來。高仁的故作姿態反教那人沒看出端倪，而梁諾則在旁陪坐，充當理想的助手角色，傾談了大半個小時後，三人才從餐廳離去，那人乘上的士，然後一輛汽車從後跟隨而去。

「點呀，睇得夠唔夠清楚？」高仁問道。

「冇問題呀，我已經記熟佢佢所有特徵同埋身體語言。」梁諾點頭說。

高仁和梁諾坐上另一輛的士，司機是 CI 的專用車手梁叔，阿妙和 Sandy 已經跟蹤著目標人物，會面是為了把對方引出來，只要能一直把握他的行蹤，高仁相信遲早都會接觸到這個詐騙團隊的其他成員，不過況紀華是否其中一員則另作別論了。

梁叔的駕駛技術有如電影中的公路賽車手，他不斷扭動「波棍」，在馬路上全速左穿右插，沒多久便已追上阿妙和 Sandy 的車。為免引起目標懷疑，梁叔稍為減低車速，並與目標車輛保持著巧妙的距離。

目標的車輛停了在培正道、文福道交界上的住宅旁，他下車後便走進住宅大廈之中，相信這裡便是目標的住址。

「Sandy 你同阿妙留喺度先，我哋返去換過架車再嚟接更。」高仁在電話裡說。

此人已是唯一的線索，所以高仁決定用全天候盯梢的方式追蹤他的去向。

根據多年商探的經驗，香港每年牽涉詐騙的案件之中，保險詐騙最常出現集團模式。然而，要作為商業間諜或更複雜的專業欺詐行為，當中不乏情報工作的技巧，一般香港人並不具相關背景。因此，眼前的目標表現得愈是專業，高仁便愈能感覺到況紀華隱藏其後的可能性。

只不過，人生如戲，即使如何準備妥當，線索卻往往就在意想不到的地方出現。

－調查先知－

美國中央情報局（CIA）

情報調查這概念多次在故事中出現，而在現實世界中，著名的情報局必數美國 CIA。

中央情報局於 1947 年由當時美國總統杜魯門所簽署成立，以取代於 1945 年解散的戰略情報局。CIA 的主要工作是從公開或秘密途徑收集和分析情報，對象包括外國政府、公司和個人，內容則包括政治、文化、科技等方面，收集及分析情報後，將報告提供予美國政府其他部門。

中央情報局總部設在維珍尼亞州，是美國情報體系中唯一獨立的部門，其地位和功能與英國秘密情報局（俗稱「軍情六處」，MI6）及以色列情報特務局（俗稱「摩薩德」）等情報組織並列。

候鳥 篇

FILE 3.4

墮入估領袖迷陣

// 經過近來多宗調查委託後，好幾個表面上毫無關聯的索償人士都顯露出對調查工作的熟悉，包括日常的跟蹤行動和背景調查等……//

被「候鳥」小隊盯上的人不是普通角色，肥虎嘗試做一點基本的資料搜查，卻發現沒法找到甚麼可疑之處，只知道他的名字等等。阿妙和梁諾輪流在那人的住所附近監視，他曾外出和數人見面，相信那幾位都是詐騙團隊的成員，梁諾把那些人的外貌全部拍攝下來，然後交由肥虎逐一將他們的身分查出來。

現時已經知悉的人物為兩男一女，兩名男士一個曾是註冊會計師，後因涉嫌偽造文件被吊銷牌照，另一個是同樣有犯罪前科的程式設計師，Sandy 說此人在行內臭名遠播，曾多次牽涉盜取科技公司資料等。剩下的女人為外籍人士，她的背景最令高仁頭痛，她是情報人員出身，並曾在以色列調查公司工作。

況紀華的蹤跡還沒找到，但卻引出了一隊不得了的團夥，本來高仁以為樂氏集團聘請的只是一般詐騙組織，沒想到來頭卻是這麼猛，之前的神棍事件根本就是大材小用。事情非常嚴重，CI的諸位只得召開內部會議，決定該如何處理這宗「義務」案件。

「高生，我哋需唔需要通知警方？」阿妙問道。

「要，但唔係依家，佢哋未做咩嚴重嘅事，我諗警方都好難處理呢班人。」高仁沉吟說。

「你哋見過嗰位係香港人，佢身分冇乜特別，可能只係負責聯絡同見下客。」肥虎說。

眾人把目光投往高仁身上，這團人員的出現太過巧合，確實很有可能與況紀華有關，但對方來頭不小，需要動用的人力和資源只會愈來愈多，刻下沒明顯的線索，高仁必須決定是否繼續去進行這一宗沒有報酬的調查行動。

高仁深明現實情況，但他的目光不由得放在那幾名詐騙團隊的照片上，當事情與情報人員扯上關係，案件的規模已是無法預料，香港缺乏對情報工作的敏感度，說不定要等到罪案發生後警方才能插手此事。

然而，高仁作為CI的老闆，他不得不從大局思考，將自己個人情緒抽離出來。刻下他們仍未有足夠資源去應付專業的情報人員，他深吸一口氣，終作出了決定。

「我哋……暫時擱置呢一邊嘅調查，睇下有冇其他線索再講。」

「候鳥」小隊的成員並不反對高仁的決定，事實上懂得適時放手亦是很重要的技巧，於是眾人便回歸了日常的工作。

在調查況紀華的下落時，梁諾還需要兼顧日常的工作，最近Jimmy發現他經常顯得勞累，但阿妙的調更情況比以前多了，按道理來說梁諾的工作負擔該是下降了才對，使他不禁心生疑惑。

Jimmy 畢竟比梁諾打滾多幾年，調查員的經驗告訴他事有蹺蹊，但他個性不愛對別人的私事尋根刨底，況且組長阿妙亦似是知悉內情。

最近公司接下很多與保險詐騙相關的案件，梁諾因為調更關係沒參與太多，不過 Jimmy 卻發現了一些案中的怪事。他和梁諾曾經在類似的案件中查出疑似教唆犯罪的證據，一神秘人指導不同犯案者，如何瞞騙保險公司並作出欺詐行為。

經過近來多宗調查委託後，好幾個表面上毫無關聯的索償人士都顯露出對調查工作的熟悉，包括日常的跟蹤行動和背景調查等，由於被調查的目標始終不是專業詐騙慣犯，行為中不慎流露防範和警覺意識，這本身已是頗令人懷疑的舉動。

他將這些事告知了阿妙，剛好接下來的委託是梁諾與 Jimmy 一同負責，二人一大早便相約出發。

「嘩你個黑眼圈愈嚟愈大喎！」Jimmy 忍不住說。

「係……係呀……呢排有新 game 呀嘛哈哈！」梁諾言不由衷說。

Jimmy 沒有追問下去，反正肯定與兒女私情無關就是了。

兩人進行標準的跟蹤行動，只是在行動之前，阿妙先讓梁諾看過所有 Jimmy 提及的可疑案件，讓他記熟當中不同的目標人物。

一般人很難同時記住許多陌生的樣貌，即便是資深的調查員，也沒可能做到像梁諾這樣，花大半個小時便能將各種外貌特徵牢記。待調查進行到第三天時，聲稱腰部受傷的目標人物去足球場，但他並沒笨到下場踢球，而是乖乖地待在一邊與友人閒聊。

這是一場業餘足球賽，目標明顯是隊中一員，他即使沒下場仍在場邊積極吶喊。

梁諾踏進球場後，臉上泛起疑惑和深思的表情，Jimmy 立即知道這是他特殊觀察力發揮作用的特徵，場中跑來跑去的臉孔敲響了梁諾的既視感，他腦海裡快速閃過不同畫面。果然，沒看兩分鐘梁諾便馬上拿起了電話。

「我知係咩事啦！」梁諾喜道。

梁諾著肥虎幫忙找出幾名嫌疑人的社交媒體，發現那些可疑案件的目標都認識彼此，這些案件雖來自於不同客戶的委託，但原來他們都來自同一個業餘足球隊，這支球隊的成員全都是建築和地盤工人，並曾參加過坊間自組的地區聯賽，有關的照片上傳到社交媒體上，沒費多少工夫便已全部找了出來。

集體保險詐騙，這可以說是非常嚴重的大事，但令 Jimmy 不解的是，梁諾臉上卻流露出莫名其妙的興奮。

12

－調查先知－

集團式「保險詐騙」

根據保險業監理處的資料，近年的保險詐騙大多涉及汽車保險和勞工保險。有關汽車保險的詐騙，通常涉及交通意外的傷者誇大傷勢或車輛損毀情況，甚至串謀製造交通意外等。至於勞工保險的詐騙，主要涉及僱員訛稱工傷或受傷僱員誇大傷勢。要注意的是，詐騙活動有「集團化」趨勢，如近年發生的集團式交通保險騙案，犯人刻意製造交通事故，汽車上所有乘客均報稱受傷，再由同夥的醫生作身體檢查和治療，以及簽發病假紙，犯人其後向保險公司透過汽車保險（第三者風險）索償，最終集團內三十一人被警方拘捕。

政府新聞公報：
www.info.gov.hk/gia/general/201301/18/P201301180570.htm

「候鳥」即將歸來

〃對商業調查公司而言，人脈網絡非常重要。因應案件的行業和性質，常會需要相關的專業人員協助，給予建議和提供重要的資料等等……〃

由地盤工人組成的足球隊常在青衣進行訓練，他們參加過數次業餘聯賽，成員多是彼此熟稔的工友，若非推薦性質一般不接受外人加入。

對商業調查公司而言，人脈網絡非常重要。因應案件的行業和性質，常會需要相關的專業人員協助，給予建議和提供重要的資料等等，高仁在行內打滾多年，加上他熱衷參與各類非牟利活動，交遊廣闊，得以為公司擴展出重要的人脈網。

得知該足球隊的重要性，高仁打了好幾通電話，聯絡上香港業餘足球協會的一名資助人，並安排梁諾和 Jimmy 加入球隊的操練，偽裝成建築工人打聽有關保險欺詐的線索。

Jimmy 一向愛踢足球，他很快便和球隊裡的人打成一片，可是梁諾平常不太愛運動，除了中學的體育課他根本沒怎麼接觸過足球，於是他只能待在場邊當啦啦隊。

「你老友唔多掂喎！佢咁孱平時點做嘢呀？」一名球員問道。

「哈哈，本身有個踢開波嘅師兄，點知佢早兩日搬嘢整親，咪臨時拉咗佢嚟囉！」Jimmy 說。

「因住整親條腰呀，手尾好長㗎！」

「好在有得攞工傷咋，不過我師兄話手續都幾麻煩下。」Jimmy 打蛇隨棍上說。

「識搞就唔麻煩啦！」一球員插嘴道。

他話音剛落，其他兩名球員馬上以責怪的眼神盯向那人，似在警告他別亂說話，Jimmy 看在眼內，故意裝傻扮作沒察覺，心下卻更肯定球隊成員確實有鬼。

站在場邊的梁諾與其他球員聊起天來，他仔細觀察這些人言談間的肢體語言，發覺球隊內部的人相當排外，對陌生人的警覺性非常高。其中一名年約五十的男人外號「昌哥」，他負責隊中的聯絡事宜，梁諾看出他是隊中的骨幹成員，其他人對他都有種馬首是瞻的感覺，而除了一般球隊訓練及比賽外，所有贊助商和應酬都與他相關。

訓練結束後，Jimmy 和梁諾便與眾人告別，而球隊的其他人則去了火鍋店。兩人換過衣服坐進汽車裡，他們待在火鍋店外，球隊的人正在店內碰杯。

「就係呢個男人？」

阿妙坐在後座，她看著梁諾傳來的影片，裡頭拍攝著昌哥和他的隨身背包。

「係，我相信佢就係安排同況紀華見面嘅人。」梁諾說。

「如果係咁，我哋除咗要跟住佢日常見啲咩人，最好就搵個人埋佢身，嘗試等佢安排一次見面機會。」阿妙說。

由於這次的調查同時牽涉日常客戶委託和高仁的秘密行動，在得到高仁的同意後，阿妙把原委都告知了 Jimmy，於是 Jimmy 也成了「候鳥」任務中的一員。

「呢個要交畀 Jimmy 哥啦，我一踢波就踩波車，感覺上有啲牽強……」梁諾苦笑說。

「咁咪啱囉！唔整親點申請工傷呀？」Jimmy 笑說。

「一定係 Jimmy 你去㗎嘞，你睇諾仔邊忽似係有力做三行呢？」阿妙也忍不住揶揄一番。

如是者 Jimmy 混進了球隊，想辦法與那昌哥打好關係，再有意無意之間透露經濟上的困難，耗時兩星期後，昌哥終於上鉤，主動相約 Jimmy 在酒樓見面，說是要介紹一個老闆給他認識。

選址在酒樓不外乎幾個原因，人多嘈雜，較難被別人偷聽對話內容，而亦因為用餐客人很多，要躲避追蹤和逃走都會較為方便，Jimmy 到達時昌哥正獨自坐在桌前，他熱情地招呼 Jimmy 坐下，並說那老闆很快便會到達。

由於這次的目標絕非尋常人，梁諾怕遇上反跟蹤的高手不敢待在酒樓內，若是熟悉調查方法的高手，他們一到埗必定是先將酒樓內外搜查一遍，確保沒有可疑人物才會現身，所以為免打草驚蛇，梁諾和阿妙只在酒樓外的遠處觀望著大門。

十分鐘後，昌哥熱情地向著酒樓收銀處揮手，一男人緩緩走了過來，其時剛為初春，那人穿著一件條紋襯衫和西裝背心，頭上戴了一頂紳士帽，這類英倫式的打扮在香港甚是少見，而他也似不介意周遭人的目光，他坐下來向 Jimmy 展以微笑，並伸手把帽子脫了下來。

「呢個就係我同你提過嘅 Jimmy 仔喇！」昌哥介紹說。

Jimmy 比梁諾多好幾年的經驗，也算見識過很多不同領域的人，但眼前此人卻讓他不期然心生緊張，外表看上去與高仁差不多年紀，長相和氣質亦頗是溫文爾雅，然而他的眼神如獵鷹般凌厲，與樣貌和打扮相比充滿違和感，更讓 Jimmy 感到自己被完全看穿了底牌。

「你好。」那人微笑說。

「Jimmy 仔都想搵返啲快錢，咁啱況生又搵緊人幫手，我就充當下媒人嘅角色啦哈哈！」

昌哥絲毫沒察覺 Jimmy 有何異樣。

聞得「況生」，Jimmy 心底猶如捲起千丈巨浪，他褲袋裡的電話正接通了梁諾和阿妙，兩人都聽到了昌哥說的話，此刻心情也是和 Jimmy 一樣，梁諾更是難掩臉上的驚詫。

「昌哥，我哋合作咗一段時間，好多謝你同你球隊啲人幫忙，今次我嚟有兩個目的，其一就係想同你講聲，我同你嘅合作到今日為止。」況紀華不徐不疾說。

「吓……？況生……會唔會係有咩……」

未等昌哥說完，況紀華便伸手制止他說下去，然後他凝神望向了 Jimmy。

「其二，麻煩你同你老闆講聲，星期五夜晚十點鐘，我約佢喺老地方見。」

此時 Jimmy 再也藏不住心中的驚濤駭浪，前後不足兩分鐘，本來因捕捉得到況紀華蹤影的喜悅蕩然無存，立場更再次由主動變作被動。況紀華沒理會昌哥和 Jimmy 的反應，他站起來戴起帽子，神態自若地從酒樓離開。

梁諾和阿妙已顧不得要隱藏行蹤，他倆急忙跑到酒樓大門外，況紀華剛好推門而出，他如

有所料般望向二人，然後謙恭地點了點頭，一輪白色汽車打開車門，梁諾一眼便認出駕駛汽車的是那以色列情報人員。

「你就係梁諾？」況紀華突問道。

梁諾茫然與他對看，況紀華的眼神像鑽進了他的腦袋裡，短短的一瞬間竟讓梁諾額角滿是冷汗。

「我哋下次再見。」

況紀華說罷便登上汽車，車子揚長而去，留下呆若木雞的三位調查員。

－調查先知－

假如僱主對僱員的工傷個案有懷疑

按勞工處提供的建議，僱主可先作出初步調查，例如評估由工作性質引起僱員受傷的可能性，面見僱員以了解其傷勢，並與保險公司跟進情況，安排僱員接受僱主指定的註冊醫生進行身體檢查。如遇上懷疑保險欺詐的個案，僱主可將搜集所得的證據交予警方處理。

另外，別以為「詐病」用「醫生紙」騙有薪病假屬等閒事。近年不少涉嫌偽造病假紙的案例，甚至有中醫師販賣醫生紙而被控告。須知道，於工作日使用「假醫生紙」欺騙有薪假期而被揭發者，根據香港法例第 200 章《刑事罪行條例》第七十一條「偽造的罪行」及第七十一條「使用虛假文書的罪行」，「任何人製造虛假文書、知道或相信某虛假文書屬虛假，而意圖由其本人或他人藉使用該文書，誘使另一人接受該文書為真文書，並因接受該文書為真文書而作出或不作某些作為，以致對該另一人或其他人不利，則該名首述的人即犯偽造的罪行，一經循公訴程序定罪，可處監禁十四年。」

詐騙巨梟之育成

〃成年人的世界是以謊言編織，爾虞我詐不過是遊戲規則而已……〃

香港這家蘇格蘭酒吧開業已有十多年，專賣各種不同的威士忌，近年香港人對威士忌興趣大增，使酒吧生意變好；然而，對於角落那張桌的二人來說，他們或許更喜歡以前安靜的感覺。

況紀華與高仁已很久沒見面，兩人望著酒杯，雖然立場從來都是不同，但二人卻曾分享過真誠的友誼，對高仁而言，他仍存有一絲讓 Albert 懸崖勒馬的盼望。

「你公司依家搞得幾好，班同事好做得嘢呀。」況紀華說。

「都搞咗咁耐先迫到你現身。」高仁苦笑說。

「嗰個叫梁諾嘅後生仔，眼神同你以前喺英國嗰時有啲似。」況紀華岔開話題。

「有時候見到班夥計，我不得不承認自己已經冇咗當年嗰股衝勁，都係時候要將我識嘅嘢傳承落去。」高仁說。

「冇錯，我都差唔多要同過去所有嘅事做個了結。」況紀華說。

高仁放下手中的酒杯，他沒想到況紀華會坦然打開這話題。

「我用咗一段時間去接近姓樂嘅，之前幫佢做嘅好多工作就係為咗得到佢信任。」況紀華說。

「你屋企當年唔係有三個仇家咩？點解淨係搞樂氏集團？」高仁奇道。

「我嘅背景你都好清楚喇，但我一直都冇同其他人講過，我真正要做呢啲嘢嘅原因。」況紀華說。

那是一段遙遠的回憶，酒館裡昏暗的燈光把況紀華的影子照映在牆壁上；三十多年前，況紀華與家人搬到九龍城的居所，舊屋裡的牆壁也曾是這般的光影交錯。

＊＊＊

自從家道中落後，況紀華的祖父含冤而終，家族中人各散東西，況的父親是典型的二世祖，他畢生沒工作過，只憑藉家裡留下來的資產過活。小時候況紀華是個乖巧的孩子，他很早便學會鑒貌辨色，無論在學業和品行上都非常優秀。

理應父母該慶幸孩子聰慧如此，但況紀華的父親從沒向兒子表示過任何讚賞，他一直緬懷過去豪門的生活，況紀華沒經歷太多舊時輝煌的歲月，仍會為偶然的物質享受感到雀躍，然而在其父親而言則是頹敗折衷的替代品。

不滿的情緒轉化成怨懟，況紀華和母親成了發洩的窗口，最終母親抑鬱成病酗酒成癮，父母離異後，況紀華被送到外國寄宿學校。

十四歲那一年，況紀華的母親酒後駕駛車禍身亡，喪禮上況家來的人不多，長輩們為了祖父僅存的遺產爭奪不休，親屬之間薄弱的情誼早就蕩然無存。成長的環境充滿了欺騙與謊言，年少的況紀華變得沉默寡言，學懂以假面具應酬身邊虛偽的大人。

＊＊＊

「其實我從來都唔覺得需要幫屋企人討回公道，佢哋搞到咁主要係自己嘅責任。」況紀華說。

「咁你係為咗自己？」高仁問道。

「唔係，係為咗我媽媽……」

＊＊＊

在英國遇上羅倫的前一年，況紀華從母親的遺物中發現了一件真相，原來當年她與樂銘剛來往甚密，二人更曾秘密有過婚外情，然而到頭來母親只是被利用的工具，並間接促使了況家被背叛的命運。

自此母親將秘密隱藏心裡，罪疚感使她抑鬱成疾，她沒法向丈夫和兒子透露真相，只能眼白白目睹家族崩潰，最後走上自毀的道路。

對況紀華來說，成年人的世界是以謊言編織，爾虞我詐不過是遊戲規則而已，但間接害死母親卻是另一回事了。母親曾是唯一溫柔對待況紀華的人，他親眼看著母親沉淪，更使他的童年蒙受陰影。

「嗰個利用我阿媽嘅，我點都唔會放過佢。」況紀華說。

原來況紀華一直以來的復仇對象都只有一個，且更非為祖父討回公道，怪不得高仁等的調查一直得不到結果。此時高仁和況紀華的酒杯已空，話題沉重且牽涉到複雜的家族情仇，一時三刻高仁也不知該說甚麼好。

「你之前點解要做詐騙顧問，教咁多人做犯法嘅嘢？」高仁轉開話題。

「我要實行計劃，首先需要資金同人手，仲要打響名堂，而香港確實係最理想嘅地方。」況紀華坦然說。

「無論我點講，你係咪都要向樂氏報復？」高仁問道。

「無論我點講，你係咪都要阻止我？」況紀華望著酒杯說。

對高仁而言，他可以同情地理解況紀華的因由，但卻無法容許況紀華行事的方法。

「點解你唔試下用返正確嘅途徑，至少我可以幫你呀？」高仁嘆道。

「算啦，要講嘅都已經講完，我嘅計劃準備咗咁多年，就算任何人都唔能夠阻止我。」況紀華斬釘截鐵說。

事情已再沒轉圜餘地，眼前的空酒杯就是兩人友誼的餞別，況紀華從座位站起，準備轉身離開酒吧。

「Albert，」高仁喚住他，「如果我同我嘅夥記阻止得到你，我希望你可以放棄自己嘅方法，嘗試用下我嗰一套。」

「用正確嘅方法做正確嘅事？」況紀華回望他，「好，就當睇下邊個先係正確。」

戰前的和談正式結束，況紀華從酒吧大門離開，高仁把電話放到桌上，屏幕顯示正在通話中。

「你哋聽到啦，準備行動。」

酒吧外梁諾和 Jimmy 已安在車裡監視著出口，況紀華招來一輛的士，然後 Jimmy 便開車尾隨著前車而去。

登上高速公路後，況紀華乘坐的汽車突然加速，並在車輛之間穿插。

「咁就想撇甩我？看我梁叔親傳嘅落坑跑道法！」Jimmy 笑道。

只見他飛快扭動波棍，的士立即變速緊隨其後，兩輛汽車在公路上展開追逐戰，嚇得梁諾死命捉住車門上的手柄。

高仁的指令是不管會否被對方發現都需要繼續跟蹤下去，畢竟況紀華乃受過相關訓練，只有持續不斷的進迫才有機會使他現出弱點。況紀華乘坐的汽車絕非普通的士，那司機的駕車技術絲毫不比梁叔差，兩車從公路駛進街巷之間，當路燈從黃轉紅的一剎那，前車猛地加速衝了過去，Jimmy 無奈停在紅燈之前。

「唔得呀，甩咗啦！」Jimmy 嘆道。

「梁叔幾時有落坑呀，後面交畀佢哋啦！」梁諾沒好氣説。

另一輛車從橫街駛出，轉個彎便跟在況紀華的車後，車頂上方更飛著一架小型航拍機，全方位拍攝著前車的畫面。駕駛座上的是梁叔，坐在後座操控航拍機的便是 Sandy，Jimmy 和梁諾只是負責開初的一段路，主要的車輛追蹤還是交由梁叔負責。

隨著高仁和況紀華談判破裂，雙方正式展開圍繞樂氏集團的攻防戰。

TAXI

－調查先知－

龐氏騙局

要數世界性的詐騙案必數「龐氏騙局」，這是一種最古老和最常見的投資詐騙，又稱為「金字塔騙局」。除了投資項目外，這詐騙手法亦多見於層壓式推銷高利潤產品上。

1917 年查爾斯·龐齊（Charles Ponzi）在波士頓開設了一家證券交易公司，聲稱能從西班牙購入法、德兩國的國際回郵優待券，再以美元轉售給美國郵政局，賺取美元與法、德兩幣的差價。

很多投資者相信能在三個月內得到 40％的回報而紛紛加入。龐齊把新投資者的資金冒充盈利給先前的投資者，由於保證的利潤成真，這消息迅速傳開去，龐齊在短短幾個月內騙了幾萬名投資者，累積的金額差不多 1,500 萬美元。

後來當地媒體作出報道，使新投資者對公司起疑心，不再注入新資金，以致公司無法支付前期投資者的利息。最後龐齊帶著約 4 萬名投資者的畢生積蓄逃之夭夭。

你追我躲消耗戰

〃哪知道女情報員登上車付了車資便馬上從後門下車，上了車的二人頓時暗呼不妙，那女情報員還煞有介事地向二人揮了揮手。〃

況紀華找來了一隊專業的詐騙高手，準備向樂氏集團展開全面的報復行動，然而直到此刻，高仁仍未摸清況紀華的報復方式，所以他們只能先掌握對方的行蹤，嘗試從中看出端倪。

Sandy 和梁叔成功尾隨況紀華乘坐的汽車，並找到了他的藏身之所，這地方不是況紀華名下的物業，而是短期租來的住宅單位，主要是隊員之間會面專用。大廈進出口非常多，況紀華當晚逗留一會後便從其中一出口離開，轉眼便教 Sandy 失去他的蹤影。

唯今之計，高仁派出梁諾、Jimmy 和另一隊調查員輪流看守大廈附近，以便監視進出的人士。不知是有意抑或無意，況紀華沒再到過那住宅，反是該名以色列女情報員常出現。

於是，追查女情報員的行蹤變成隊伍的首要任務。由於目標只有一名，一開始 Jimmy 和梁諾便打算自行完成任務。大樓除了正門外，尚有兩個大堂後門和兩個停車場出口，根據先前的觀察，那女情報員並沒駕車，所以Jimmy和梁諾便分別駐守在正門和後門。

然而，兩天下來，Jimmy和梁諾依然無功而回，他們向阿妙報告此事，阿妙大感奇怪，因為Jimmy一向擅於跟蹤，而梁諾的觀察力更是異於常人。

「嗰個鬼婆，佢根本就知道有人跟緊佢……」Jimmy苦惱道。

「佢完全就係特登同我哋玩捉伊人……」梁諾也是一臉無奈。

兩天前的黃昏，當女情報員離開住宅的一刻，Jimmy和梁諾便開始跟蹤行動，只見她從正門走到後門，又在路上反覆來回，差點兒便把兩人捉個正著。這種反跟蹤技巧早在二人預想之中，所以Jimmy和梁諾都沒被難倒，他們一直尾隨她來到附近的巴士站，登上剛開到站頭的巴士。

哪知道女情報員登上車付了車資便馬上從後門下車，上了車的二人頓時暗呼不妙，那女情報員還煞有介事地向二人揮了揮手。

第二天女情報員再次出現，她帶著Jimmy和梁諾在大廈附近的地方走來走去，且不時匿藏在暗角落處，好幾次都幾乎跟丟，但擾攘了大半個小時後，那女情報員竟然直接從路旁的山坡滑下去，教二人即使想追都追不了。

阿妙聽畢二人的報告，便知道女情報員是故意賣弄技巧，擺明是挑戰他們的跟蹤能耐。

「聽日等我嚟安排，睇下佢撇唔撇得甩我哋。」阿妙臉色一沉。

看見組長流露罕見的慍色，Jimmy和梁諾哪敢聲張，這次阿妙增添了好幾隊的調查員，將大廈所有出口包在監視網之中。

女情報員照樣玩起了反跟蹤的一套，她從小路之間穿梭，使梁諾和 Jimmy 很難在隱藏身影的情況下貼身跟蹤，速度時快時慢，更不著邊際地改變行走的方向。畢竟對方是受過專業訓練的高手，他們最終還是顯露了行蹤，那外國女人向著二人嫣然一笑後便離開。

「我哋跟甩咗……」Jimmy 對著耳機説。

「唔緊要，其他組員仲跟緊。」阿妙回答。

動了氣的阿妙調來好幾組人員，既然對方經驗豐富，她便打算以人海攻勢取勝，尤其那情報員並未發現增加了人手，待擺脱了梁諾和 Jimmy 後自然地流露了一絲鬆懈。

那女的在團隊裡該是負責收集情報的，只見她離開大廈後便去了數處地方，其中一處是某東南亞國大使館，另一處則是跑馬地的高尚住宅區，從其行為來看，似亦是在監視和跟蹤某目標。

直到此刻，高仁仍未得知況紀華的計劃，只知他正以秘密身分與樂氏集團進行合作，向其提供非法的詐騙服務。女情報員的行動稍為縮窄了調查方向，肥虎比對過她監視的高尚住宅區後，似乎她的目標是東南亞國家的高級官員。

「哦……我知啦……」肥虎一臉恍然大悟：「佢想綁架政府官跟住老屈係樂氏集團做嘅！」

眾人聞言一呆，肥虎不禁訕笑，還説是甚麼電視劇情節之類。

「Albert 依家身分仲係幫緊樂氏做嘢，唔排除呢個只係佢嘅其中一件工作，但我諗我哋應該再觀察下。」高仁沉吟道。

「但係個鬼婆已經要用好多人手去跟，如果要同時監視咁多人，我哋其他工作都會冇人用。」阿妙嘆道。

「高生，我有個請求。」梁諾突然說。

眾人望向他，只見梁諾一臉堅決，似是下定了甚麼決心。

「跟呢個女情報員本來就係我嘅職責，我想自己一個負責返。」梁諾說。

調查、搜集證據、收窄調查方向，這是調查工作最基本的步驟，刻下況紀華一事上終取得進展，但卻因他的團隊人員太難纏，使人手消耗比平常多好幾倍，間接令 CI 難以收窄查證的方向。梁諾也是想到此點，才決定要獨自擔起重任，以騰出其他隊員來進行關鍵的調查。

「但係個鬼婆已經預咗你會出現，得你一個好快就畀人賣甩啦！」Jimmy 勸道。

「阿諾我明你係好意，但係人手嗰方面等我諗啦，暫時咁樣都冇辦……」

「高生，你畀一次機會我。」

梁諾打斷高仁的話，眾人不禁大感訝異，要知道平常梁諾可是高仁的頭號擁躉，這種場面實在是難得一見，肥虎和 Jimmy 不禁暗嘆沒開相機。

高仁凝望這位年輕的調查員，不知不覺間他已漸有獨當一面的風範，甚至在團隊遇煩惱時勇於站出來，單是這精神已很值得嘉許。

「好，我哋就定一日咁多，阿諾你跟實呢個情報員，其他人盡快查出佢哋想利用政府官員做啲乜。」高仁點頭說。

得到高仁首肯，梁諾暗自發誓，要努力為同伴們爭取一個缺口。

－調查先知－

真實的女特務

故事中出現了精通情報工作的女角色，有關女特務的影視作品，一直備受歡迎，而在現實世界中，確實亦有充滿故事色彩的女間諜。

早在 1987 年，南韓發生了慘烈的客機空難爆炸，策劃行動的，是朝鮮女特務金賢姬。金賢姬父親是朝鮮駐古巴的外交官，她大學修讀日語，長相漂亮而被朝鮮挑選接受特務訓練。

她曾受訓練假扮日本人，並學習粵語及普通話。空難後，她於南韓受審，本來她全程扮作日本人，後因發覺南韓社會狀況與朝鮮聲稱的大不相同，加上律師識破了她的身分，最終坦然認罪。

本被判處死刑的金賢姬得到南韓總統特赦，被釋放後從事寫作及演講工作。

候鳥 篇

FILE 3.8

逼近鳥巢的密切跟蹤

〃身經百戰的她沒有立即露出空隙，她冷靜地繼續以反跟蹤的形式確認任何可疑人物……〃

沒有誰比梁諾更清楚眼前目標的厲害之處，雖然梁諾當調查員的時間不算長，但他天生特殊的觀察方式使他比常人更勝任跟蹤和監察的工作，短短時日裡他的技巧突飛猛進，大概不用多久便會是CI裡數一數二的調查員。

然而，此刻的梁諾卻感到萬般無力，彷彿過去的訓練和工作都是徒勞。為了團隊能集中力量追查況紀華的計劃，梁諾自告奮勇獨力監察況紀華隊伍裡的女成員，此位成員來自以色列情報機關，論工種可說是梁諾的同行及大前輩，加上以色列向來以專於情報工作見稱，梁諾不禁覺得自己猶如是芝娃娃單挑藏獒。

往日的工作講究的是團隊合作，調查員不是西部牛仔，每宗案件都必須依賴各部門的努力，並非靠一人之力能完成的。不過，這次的目標則是梁諾發揮個人能力的最佳機會，他平復心情，將集中力提升至巔峰，腦部快速運算眼前場景的每一個細節。

女情報員早就發現了被人跟蹤，她的反跟蹤技術使調查員難以避免洩漏形跡，結果要耗費多幾倍的人手才能勉強不被她甩掉。高仁相信一切都在況紀華的計算之中，他以女情報員來盡量浪費高仁一方的人力，使他們難以分心追查真正重要的線索。

深明此點的梁諾才決定挺身而出，因為若說要以最少人員來監察女情報員的行蹤，他深信此工作非他莫屬。

女情報員從大廈步出，她照樣來回在前後門之間移動，待確保沒埋伏後才動身離去。

這位女情報員的名字是塞加爾，她在調查行業裡工作逾十年，曾在不同情報機關裡任職，所以對調查員的部署可說是瞭若指掌。塞加爾是況紀華重金禮聘而來的，當況紀華的計劃付諸實行時，清除一切障礙，防止計劃被拖延便是她的職責。

塞加爾很明白，憑況紀華的人力物力並沒辦法應付被大規模的偵查，但要在短時間內與對方打消耗戰倒非難事，所以她故意在大廈附近現身，為的就是要將大部分的調查人員集中在自己身上，這計謀是有效的，至少 CI 近乎動用了所有調查員才能查出她的行蹤。

然而，此刻的塞加爾心中泛起了不安感，對方沒像前兩天般派出了大量人手，相反，她完全感覺不到任何調查人員的氣息，換言之對方可能已將人手調往其他方向。

身經百戰的她沒有立即露出空隙，她冷靜地繼續以反跟蹤的形式確認任何可疑人物，然後用手機向況紀華發出警告。在她發送訊息的一刻，她感受到背後一陣異樣的目光，這純粹是多年經驗培養出來的直覺，塞加爾垂頭向前走，然後突然變速轉進冷巷裡去。

她猛然回頭望向後方，若然對方正貼身跟蹤她，此刻便會原形畢露，可是半分鐘過去，冷巷外只有路人經過。

梁諾站在冷巷外的便利店裡，心胸正因緊張而不斷起伏，他以為塞加爾專注在手機上，才敢縮短二人之間的距離，沒想到只是數步之差便已觸發她的警覺。

兩人隔空對峙，假如梁諾走出店外，很可能便會被塞加爾發現，但時間一分一秒過去，塞加爾很可能已沿著冷巷逃走。

是退是進僅在一念之間，心理戰的關鍵在於塞加爾對調查員的人數一無所知，她斷不會假設對方只是獨身一人。梁諾想通此點之後，毅然鼓起勇氣步出便利店，當他望進冷巷裡時，果見塞加爾已跑到另一邊的盡頭。

梁諾追上去時塞加爾已被來往的路人淹沒，他必須在極短時間內把她辨別出來，否則便會失去她的蹤影。在人頭湧湧的街道上找出一個急速移動的人影，需要極快的反應及觀察能力，梁諾深吸一口氣，腦部不停分析眼前的畫面，穿著藍色西裝的上班族、邊抽煙邊講電話的大叔、推著嬰兒車的母親……

畫面上的細節一閃即逝，但那雙鞋及步伐沒能逃過梁諾雙眼，他二話不說便朝塞加爾的方向走去。

塞加爾自問這種情況下仍能貼身跟蹤她的人絕不多，兼且對方所派的人員遠少於先前，使她更有信心已把對方甩掉。她今天尚有另外的任務，負責要監督一場重要會議的進行，於是她走進地鐵站，準備前往約定之地。

「目標而家去緊上環方向，我喺地鐵跟緊佢。」

地鐵車廂的另一邊，梁諾正透過玻璃反射觀察塞加爾的動靜。

「好，我哋而家跟住嗰位政府官，佢都係去緊上環。」阿妙在電話的另一端說。

上環一家餐廳外，CI 的調查員守在不同角落，塞加爾和那位東南亞政府官已到達，但他們相信參與會面的尚有其他人。

沒多久，一輛黑色七人車停在餐廳門外。

車門打開，況紀華和一名穿著西裝的男人走了下來。那男人年約花甲，相貌並不需要特別去辨認，因為大部分香港人都很清楚他的身分，他便是樂氏集團現任行政總裁樂銘剛。

樂銘剛和況紀華並肩步進餐廳後，CI 的諸位不禁倒抽了一口涼氣，因為與他們見面的不是普通政府官員那麼簡單，而是掌管某國家發展事務的其中一名領袖人物。

高仁得知消息後不禁想起了陳年往事，當年況紀華為了幫恩人羅倫討回公道，將英國政壇弄了個天翻地覆。為恩人尚且如此，何況是為了家族積怨？況紀華耗費大量資金、人力和時間，不管他是以哪種手法騙取樂銘剛的信任，這次的事件恐怕都將對社會造成極大影響。

－調查先知－

關於「以色列情報特務局」

來自以色列的情報人員在本篇故事登場，而在現實之中，以色列的情報收集工作可說做的相當出色。「以色列情報特務局」（Institute for Intelligence and Special Operations）早於 1949 年成立，俗稱「摩薩德」（Mossad），其工作任務主要是從事軍事情報蒐集、反恐任務等，直接向以色列總理報告。摩薩德的調查及追緝工作以凌厲見稱，其中 1962 年的「抓捕艾希曼」行動可說最為享負盛名。阿道夫．艾希曼（Adolf Eichmann，1906 年 3 月 19 日－ 1962 年 6 月 1 日）是納粹德國的高官，在猶太人大屠殺中被稱為「死刑執行者」。二戰後，他逃脱無蹤，後來摩薩德從情報得悉他潛藏阿根廷，便部署秘密行動將之逮捕並運回以色列受審。最後（於 1962 年 6 月 1 日）艾希曼被判處絞刑。

摩薩德與美國中央情報局（CIA）、蘇聯國家安全委員會（又稱「克格勃」）和英國軍情六處（MI6），並稱為「世界四大情報組織」。

候鳥 篇

FILE 3.9

擅走法律罅的詐騙師

//在香港代理訴訟並不合法，意指律師不可免費助客戶打官司，並協議分成賠償金額作報酬。然而，法律不是萬能……//

當CI的調查員在現場監視樂氏集團、政府要員與況紀華的時候，辦公室裡的肥虎與其他資料搜集和會計法證的人員在埋頭工作，將過去牽涉況紀華的案件全部重新翻查，嘗試找出況紀華詐騙集團行事的方式。

在廢寢忘餐的地毯式搜查下，況紀華的保險詐騙模式終被破解。

「呢條友真係好勁……」肥虎不由得讚嘆。

況紀華在香港開展了好幾種詐騙顧問服務，其中一種與保險索償有關。原則上，代理訴訟在香港並不合法，意指律師不可免費助客戶打官司，並協議分成賠償金作報酬。然而，法律不是萬能，至少阻擋不了況紀華般擅於利用灰色地帶的有心人。

一般人需要向保險公司索取賠償時，若欠缺相關知識，很容易因漏報資料或文件而被保險公司拒絕賠償，時有聽聞的案例造成人心惶惶，況紀華看準這點，保險顧問服務因此備受歡迎。

羅倫的教導使況紀華學懂利用人心的貪婪和恐懼，他掛羊頭賣狗肉接觸特定群眾，並游說他們利用法律上的漏洞來謀利，漸形成不同行業的保險詐騙。

以建築工人為例，工地現場不會隨處皆有監察鏡頭，保險公司難以證明意外真偽，於是便須委託調查公司證明索償人的傷勢。但犯罪顧問撐腰使保險公司大感頭痛，雖然明知有些索償人的動機不單純，但礙於成本問題，有時候保險公司情願直接賠償了事。

眾人整理線索時，肥虎突然神情激動用手按住電腦屏幕，所有同僚都呆然望向他。

「係……係呢個啦!!」他雙目瞪大。

* * *

另一邊廂，況紀華的飯局已經完結，樂氏集團樂銘剛和政府高官亦相繼離去，阿妙、梁諾和 Jimmy 神色凝重，但也比不上高仁此刻的心情。

雖然他們已找到了況紀華的意圖，但他們仍只能眼白白看著他的計劃在眼皮底下發生。

況紀華以中間人的身分牽頭，促成了一宗來年的發展計劃，該名政府官員將提供政府內部的決策和資料，讓樂氏集團針對性發展地產項目。

「我唔明……呢件事點睇都係對樂氏有利，況紀華佢諗住點樣報仇呀?」Jimmy 搔頭說。

「而家呢件事傾成咗，即係話況紀華會係攞晒所有證據嘅人。」阿妙說。

Jimmy馬上明白她的意思，某些專業詐騙犯會以虛構的消息或生意作幌子，待受害人付出金錢後便消失無蹤，況紀華則完全相反，以真實的合作計劃請君入甕，目的非是報酬，而是收集證據後再勒索樂銘剛。

「咁佢做嘅嘢……都好似唔係好差……？」Jimmy搔頭說。

「問題係，佢唔係放蛇舉報，而係特登引人犯罪，之後仲會用呢啲證據嚟操控樂氏集團。」高仁嘆道。

收集情報、製造證據、勒索恐嚇……

況紀華完美地展現羅倫的情報技巧，假若不在此時制止他，他下一步說不定會將矛頭指向當年害況家衰敗的兩大富豪。

「咁……唔通我哋去通知樂氏集團呀？」Jimmy更感煩惱。

這便是況紀華有恃無恐的原因，假若通知警方，樂氏與該名高層必定矢口否認曾會談，又若CI向樂氏示警，就算能阻止況紀華報仇，也阻不了貪污合作的檯底交易。以道德考量，況紀華的欺騙行為並不合法，然而以黑吃黑又似非十惡不赦，至少若樂銘剛堅持守法便絕不會著了他的道兒。

高仁可以想像況紀華會對他說的話，行事手段不見光，但若然來得更有效率，堅守所謂的「正道」又有何用？

＊ ＊ ＊

第二天回到辦公室，肥虎已準備好所有證據，眾人不禁驚詫，公司團隊竟然在短時間內將況紀華的集團底細查清楚，坐在辦公室的這群人行動力當真絲毫不輸調查員。

「你哋睇下呢個。」肥虎一臉得意說。

一份清單上列出了幾間公司的名稱，這些公司的共通點是都持有放貸人的牌照。

「呢幾間就係況紀華專門用嚟放數收數嘅公司。」肥虎說。

「但係，如果佢為呢次嘅行動開過間新公司出嚟，我哋咪一樣查唔到？」Jimmy說。

「個名……佢哋個名同況紀華嘅……」

梁諾呆然指著那幾間公司的名稱。

每個人總有獨特的偏好和習慣，也許是長期需要開設不同公司的關係，命名上難免會類近，像眼前這堆公司，名字當中便全都有英文拼音的「Ying」，梁諾馬上想起，況紀華的母親名字中便有個「瑩」字。

樂氏集團和政府官員的交易實乃貪污枉法，為免引起疑心，雙方的金錢交易肯定會通過況紀華進行清洗，所以若能掌握該筆資金的流向，對收集證據證明是次交易會是關鍵作用。

「冇錯嘞！諾仔果然醒目，只要對下新發牌嘅借貸公司名，就算開新公司都冇用呀！」肥虎亢奮道。

「如果係咁，我哋只有一個方法可以阻止況紀華，同時防止呢單交易發生，」高仁說：「就係比佢更快查出所有證據，然後同時將三方人馬一次過舉報。」

高仁決定要採取最難的一種方法，在況紀華實施任何報仇手段之前將他們的犯罪記錄交出去，但團隊裡的其他人對此都不感到意外，畢竟捨易取難才是高仁的一貫作風。

「我帶 Jimmy 同阿諾去影多啲佢哋之間接觸嘅相，飛虎你可以同會計嗰邊同事睇實呢幾間公司。」阿妙點頭說。

「阿妙你帶多幾個同事過去，我想阿諾過嚟幫幫我手。」高仁說。

梁諾受寵若驚望向高仁，CI 的老闆帶著公司裡資歷最淺的調查員親自上陣，接下來行動裡最重要的一環將由他們二人完成。

－調查先知－

「助訟」或「包攬訴訟」屬刑事罪行

助訟及包攬訴訟在香港被視作刑事罪行和民事侵權行為，該等禁制的目的，是為了防止兩樣弊端發生。訴訟贓物所具有的吸引力，可能會誘使人們：（1）妨礙司法公正及危害司法程序的持正；及（2）進行與裁決結果有關的「非法交易」或「賭博」。

在香港聲稱自己能夠協助事故受害人追討賠償，並按不勝訴不收費的方式提供服務的索償代理，他們須承受被法庭裁定違法的極高風險。因此，無論是律師還是大律師，都不應當涉及該等業務。（參看《香港律師專業操守指引》第三版第一卷第 3.01 項原則中的第 9 項註解；以及「香港律師會通告第 12-176 號」。）

雖然嚴禁助訟及包攬訴訟的規定是香港法律的一部分，但現今法庭對於該等規定已採取較靈活的手法處理而不予硬性施行，並會以更為敏銳的觸角來察看每宗個案的整體事實，以求當事各方的利益、司法公義的尋求、以及司法程序的持正之間能取得適當的平衡。

以上資料出自香港律師會會刊、《香港的助訟、包攬訴訟及資助他人訴訟》條文。

爭分奪秒掌握入罪證據

〃做生意最重要的是人脈，羅倫曾經教導過他，只要掌握關係脈絡中的頂點，便能控制在此以下的每一個人。〃

況紀華能嗅出空氣中異樣的氣氛，他身邊的人都是特別挑選的精鋭部隊，加上他多年的計劃，按道理絕沒有失敗的可能。

不過，他很清楚高仁的能耐，目標清晰和鍥而不捨的人是最難纏的。

從小到大，況紀華都沒交過真心朋友，成長環境令他不易相信別人，唯獨二人例外。

一個是羅倫老太太，英國的偶然相遇改變了他的人生，羅倫賞識他的才智，亦同情他的遭遇，她將自己的知識傾囊相授，與況紀華的關係就像兩嫲孫，可惜羅倫壽命不長，親情的感覺沒能維持太久。

另一個便是高仁，況紀華從沒認識過如此正義凜然的人，他就像是自己的對立面，總是堅持走在正確的道路上。

好奇心驅使下，況紀華調查了高仁的背景，他從不相信人能沒有黑暗面，可是愈是了解得多，況紀華反像是撲向燈火的飛蛾，被光明影響了他的價值觀。

高仁是他有真正意義的朋友，他珍惜這段友誼，但他卻沒因此改變初衷，只因與母親相關的事，他無論如何都不能妥協，樂氏集團是他的起點，只要他能掌握樂銘剛的痛腳，他將可用況家的名義把商界搞個天翻地覆。

「Albert，收到錢啦。」

負責會計的成員向他匯報，將況紀華從思緒拉回現實。

樂銘剛完全沒對他起疑心，並將鉅款以服務報酬的名義存到他名下的公司裡，眼下他需要的證據已收集得七七八八，雖說那政府官算是殃及池魚，但心存貪念的人也說不上是無辜吧。

「好，咁我約姓樂嘅再見一次面。」況紀華點頭說。

他準備用證據向樂銘剛勒索，做生意最重要的是人脈，羅倫曾經教導過他，只要掌握關係脈絡中的頂點，便能控制在此以下的每一個人。

會計師、律師、程序員和情報員眾首一堂，眼前數人僅以利益為考量而合作，是況紀華這次任務需要的人材，此刻他們在討論細節，成功在望，每人都能賺取豐厚報酬，因此眾人臉上都不無雀躍。

「最後，希望你哋小心 CI 嘅調查，佢哋一定會諗盡辦法查呢件事。」況紀華說。

「究竟邊個委託佢哋？」會計師大惑不解。

「我相信冇人委託佢哋。」況紀華長嘆一口氣。

其他人明顯有聽沒有懂，對他們來說，任何工作不為錢而純粹為理念簡直是天方夜譚。

「咁佢哋咁落力做咩呀？撞親個腦呀？」程序員失笑說。

他說罷眾人哄堂大笑，唯獨況紀華沉默下來。

在一片嘲弄聲中，他感到一陣說不出的厭惡。

是為了眼前人的道德淪喪？還是為了他即將要做的一切？

心底裡他一直很羨慕高仁，能夠堅持捍衛自己的信念，且天生具備領袖魅力，令周遭的人都對他信任有加。

人沒法選擇出生背景，況紀華相信，成長的經歷很大程度決定了一個人的未來。

上天向來是不公平的，既然命運令他要承受這些罪孽，便即管如此吧。

＊＊＊

兩天後，通過樂銘剛的私人秘書，況紀華敲定了會面的時間和地點，他和塞加爾同行，預防高仁一方的任何動作。

來到了約定的五星級酒店，況紀華在頂樓的餐廳點了一杯咖啡，可是預定時間過了十多分鐘，仍然未見樂銘剛的蹤影。

像樂銘剛這類級數的大人物，遲到並不值得意外，但況紀華總覺得事有蹺蹊，時間一分一秒過去，他通知了團隊裡的其他人，確保不會有任何意外。

隔了一會兒，平時負責聯絡的成員來電，且語氣頗為焦急。

「樂氏嗰邊話……係我哋改咗開會地點喎！」他說。

況紀華聞言皺起眉頭，他旋即已猜到與高仁有關，但此際接觸樂銘剛的意義是甚麼？難不成高仁為了阻止他，寧願向樂氏通風報信？他對高仁了解甚深，當然知道絕無可能，轉念一想，他突然像觸電般從椅子上站起。

「筆錢而家喺邊個戶口？」況紀華問電話裡的同伴。

「咪……之前開嗰間新公司……」

況紀華馬上明白，高仁發現了他用來接收樂氏資金的公司，但即使如此，他也只能證明樂氏集團與自己有關，仍沒有任何證據證明他們正準備作任何不法勾當。

究竟高仁掌握了甚麼證據，令他行動能如此迅速及有恃無恐？

＊＊＊

另一邊廂，在維多利亞港對岸的一家酒店裡，樂銘剛的對面坐著高仁，他正讀著高仁給他的幾個文件夾，愈看臉色便愈難看。

「咁又點？攞上法庭都唔夠證據證明我有直接畀錢東南亞政府內部嘅人。」樂銘剛深吸一口氣說。

「樂先生，有個朋友同我講過，法律面前唔係人人平等，我同意法律唔係萬能，」高仁平心靜氣說：「但如果有足夠證據，香港法律都仲可以發揮作用。」

「你大我呀？」樂銘剛臉色一寒。

高仁拿出手機，然後播放了一段影片，這片段拍攝在兩天之前，亦是梁諾和高仁的一次重要行動。

＊＊＊

當日高仁要求梁諾同行後，梁諾換過一身西裝，高仁則談了一通電話，然後二人來到了那名政府官員在香港的住所。

「叮噹！」

「入嚟呀，點解會過唔到㗎，我check過個戶口冇異常喎！」那官員說。

高仁和梁諾走進屋內，梁諾拿出了手提電腦，那官員狀甚緊張來回踱步。

「而家呢一刻，可能有人調查緊呢單嘢。」高仁說。

「你老細又話一定冇事！嘢都未做就畀人查有冇搞錯呀！」那官員焦急說。

「相信未必係廉署調查，可能係有人委託咗一啲調查公司啫，而家最緊要係搞清楚件事。」高仁安撫他說。

「你同樂生嗰邊講，我仲有幾年就退休，佢想要政府內部料我可以搵第二個幫佢，但今次就算數啦，啲錢都唔使過畀我嘞！」那官員長嘆一口氣。

「我哋要知道你之前有冇用其他戶口收過顧問費用或者貸款等等。」高仁說。

「唉……咪之前你哋間澳洲公司嘅戶口囉，仲有再之前嗰筆都成兩年前嘅事啦！」那官員答道。

高仁與梁諾對望一眼，他們以肥虎調查到的公司名稱聯絡這名官員，那官員下意識以為他們是況紀華的同夥。當高仁說戶口款項有問題需要商討，官員毫無疑心便叫了他們過來，更在二人面前大吐犯罪證據，過程當然被梁諾悉數拍攝下來。

有了這些證據，加上CI其他人的搜查結果，況紀華的犯罪團隊、樂氏集團和政府官員的關係、金錢來往方法等，都已盡數被查出，只要將這些證據通報廉政公署，香港回歸以來最大型的貪污事件，便足夠立案了。

＊＊＊

觀看著影片的樂銘剛臉如死灰，正如影片中的政府官員，他們都很清楚自己將會面臨甚麼後果。

－調查先知－

關於香港「廉政公署」的成立

香港的「廉政公署」（Independent Commission Against Corruption，簡稱 ICAC /「廉署」）於 1974 年 2 月成立，是港英政府針對當時社會貪污問題日益嚴重而作出的果斷回應，而葛柏事件是促成 ICAC 設立的重要導火線。

葛柏（Peter Fitzroy Godber）於英國殖民地時期任職皇家香港警隊，由 1952 年入職見習督察至 1969 年晉升為總警司，在警隊表現頗為突出，然而 1973 年葛柏被揭擁有逾 430 多萬港元不明來歷的財富，涉嫌多年來在警衣之下謀取大筆不當利益。1973 年 6 月葛柏東窗事發潛逃英國，以圖避開其涉嫌貪污受賄的內部調查，事件於當時引起社會轟動，群眾紛紛上街抗議政府未有正視日益嚴重的貪污問題，要求政府緝拿潛逃的葛柏歸案，民怨沸騰下，當時的港督麥理浩爵士迅速接納了葛柏案調查委員會報告書的建議，於 1973 年 10 月的立法局會議上，宣布成立一個獨立的反貪污組織，以示打擊社會貪污問題的決心。而於 1975 年初，廉署終成功由英國引渡葛柏回港受審，他控貪污及受賄罪名成立，判處入獄四年。

候鳥篇

FILE 3.11

黑與白的最終抉擇

//那些團隊成員得知事情敗露後，皆連夜逃亡，以利益聯結的團隊，毫無忠誠或義氣可言。//

「香港近年最大宗貪污案提堂，樂氏集團主席樂銘剛、執行董事李XX被控八項罪名，當中涉及金額超過港幣五千萬……」

「樂氏集團主席樂銘剛今日出席聆訊，樂銘剛涉嫌於二零一X年透過中間人向外國政府人員作出賄賂，換取優待……」

「……廉署收到舉報後立即展開調查，同年十月正式提出起訴，案件被稱為『香港回歸以來最大型貪污事件』……」

＊＊＊

況紀華站在商場裡，電器店內的電視播出新聞片段，過去的三個月，他成為了一名通緝犯。樂銘剛和那名政府官員毫不猶豫地將他供認出來，廉署的連串行動使他難以離境逃往海外，但老實說，況紀華已不知道自己尚能身處何方。

那些團隊成員得知事情敗露後，皆連夜逃亡，以利益聯結的團隊，毫無忠誠或義氣可言，一夜間況紀華變回孑然一身，但他卻反而感到輕鬆。

欺騙他母親的人正面臨法律制裁，預計判處的刑期可達七年，雖然與自己想像中的復仇結果相差甚遠，不過，看見樂銘剛曝露在大眾面前的醜態，他明白這才是做對一件事的感覺。

然後，高仁出現在況紀華的面前，兩人相視而笑，久沒見面的友人結伴走進了酒吧。

＊＊＊

兩人來的次數並不算多，但酒保還是認出了他們。

兩杯浮著冰塊的威士忌放在他們面前，況紀華啜了一口，火辣辣的暖意從食道流了下去。

「你確定要咁做呀嘛？」高仁問道。

「我向你承諾過，如果我失敗咗，就跟你嘅方法去做。」況紀華默然説。

高仁與同伴們將證據交給廉署後，況紀華沒辦法再利用貪污事件向樂銘剛勒索，相反，他因為協助處理不法資金而被通緝。況紀華畢竟經驗豐富，即使在沒離境的情況下，廉署花了一番工夫仍沒法找到他的蹤影。

在他銷聲匿跡期間，另一邊的高仁為此快快不樂，他擔心況紀華無法承受打擊而失去理性，於是他著肥虎找出所有關於況紀華的資料，希望能比廉署或警方早一步找到他。高仁向來不愛深究別人的家庭事，出於情況特殊，他才不得不細閱況紀華父母的各種資料，卻因此讓他發現這位朋友精心經營保險詐騙集團的原因。

況母曾與樂銘剛有婚外情，當年樂銘剛與另外兩名同夥合謀損害了況家的名聲，況家自此一蹶不振，況母知道自己受利用後便與樂銘剛斷絕了來往。相隔數年，家裡環境大不如前，她抱著贖罪的心情努力撫養況紀華，但當況父發現她與樂銘剛的關係後便憤然與她離婚。

壞事總是接二連三，況母在醫院診出癌症，本來憑多年的保險該足夠應付開支，奈何她沒向保險公司申報家族的癌疾病史和一些舊醫療記錄，保險公司因而拒絕了承擔醫療費用，況母感到自己是家中的罪人及包袱，抵受不了精神折磨酗酒成癮，最終醉酒駕駛而喪命。

無論曾經犯了甚麼過錯，在況紀華的印象中，況母就是一個真正關心他的好媽媽，他一直沒能找到機會為母親平反，折衷下便以保險業作為一個報復對象。

高仁把這些資料以電郵傳給況紀華，果然母

親的資料令況紀華深受感觸，那秘密的電郵地址得到最後一次的回覆，況紀華相約高仁到酒吧，並說希望將事情告一段落。

兩人在酒吧裡喝完了那杯威士忌，況紀華講起當初回港的心情。

「事實上好似我阿媽咁畀保險拒絕嘅人實在不計其數，如果唔係我都唔會咁容易做得起。」況紀華說。

高仁從公文袋拿出一份資料，況紀華認真閱讀，半晌後他臉色微變，狀甚驚訝望向高仁。

「你知道我公司啲人幾做得嘢㗎啦，我依家唔使好似以前做得咁辛苦，有時間可以搞下呢啲慈善嘢。」高仁笑著說。

文件是一份企劃書，高仁準備成立一個非牟利組織，當中成員包括了保險業專員、律師、調查公司、社工等等，目的是為市民提供免費的保險索償顧問服務，給予意見和指引，助受害人爭取應得的賠償。

而這一個慈善組織的名稱便是——「婉瑩」。

況紀華看見母親的名字後深受感觸，他長嘆一口氣，知道終究是拗不過這位朋友。

「等我仲一直以為你係老實人，角色扮演呢完姓樂嘅，依家又搬我阿媽出嚟。」況紀華搖頭失笑。

「你估你好容易對付呀？」高仁也笑道。

「等我做完污點證人坐完監，可唔可以留個顧問位畀我，我可以提供一啲防止欺詐嘅資料。」況紀華投降道。

「晨早寫咗落去啦！」高仁微笑指向組織成員名單。

兩人大笑起來，酒保把杯添滿了，乾杯聲中一飲而盡，當中既有餞別，亦有向友誼致謝的意味。

「高生，廉署嘅人到咗嘞！」梁諾走進酒吧。

高仁點點頭，況紀華早在電郵裡便答應自首轉作污點證人，酒吧的見面是二人的暫別。

況紀華站起來，向梁諾微笑點頭，這年輕人讓他想起昔日英國的點滴，當年自己和高仁都年紀尚輕，沒想到經歷諸多事情後，已到了見證世代交替的一刻。

「好好善用你嘅觀察力，第時你會係一個比阿仁更好嘅商探。」況紀華拍了拍梁諾的肩膀。

梁諾呆然點頭，不知如何反應。

「最緊要，記住要用正確嘅方法去做正確嘅事。」

況紀華說完向高仁揮手，他步出酒吧時，廉署的人員已到來將他帶走。有了這最強的污點證人，樂氏貪污案已成定局，高仁和梁諾走到街上，這時夜幕低垂，街上擠滿了下班的人潮。

「高生，我覺得……況紀華好似係有心畀你捉到咁。」梁諾突然說。

「點解咁講？」高仁不明所以。

「當初我哋跟蹤佢同個政府官見面嗰時，有好幾次我都覺得佢發現咗我。」梁諾說。

梁諾的感官比一般人強，他說的話絕非無的放矢，高仁聞言不禁陷進沉思，事實上在那次關鍵的會面時，況紀華確實比往日稍見粗疏，高仁一直以為是他大計得逞而放鬆了心情。刻下

回想，也許在況紀華潛意識之中，他渴望高仁阻止他的計劃，使他能從罪疚感中得到解脱。

「Albert 同我睇法一樣，你的確比我更適合做商探。」高仁微笑拍梁諾肩膀。

「又笑我唔靚仔呀，唔好啦老細！」梁諾苦笑。

兩人聊著天沒進人群之中……

＊＊＊

很多人沒聽過「商探」這職業，說是「私家偵探」便人人點頭——啊調查婚外情嘛，TVB也常有類似情節嘛。

商探是因應商業世界而生，香港每年來往的資金數以千億計，在龐大的金額之前，人性貪婪經不起考驗，各種商業罪行層出不窮——保險欺詐、遺產糾紛、濫用職權、內部欺詐等等，警察和法律未能彰顯之時，第三方的調查行業便順應而生。

而這一個故事，便是關於存在已久、卻又從未真正廣泛被認知存在過的——商探。

—調查先知—

關於「國際透明組織」

國際上有一個反貪組織，名為「國際透明組織」（Transparency International，簡稱 TI），成立於 1993 年 5 月，是一個致力監察貪污腐敗的國際性非政府組織，由世界銀行前區域總監彼得・艾根（Peter Eigen）發起，倡議國際社會之間攜手正視及共同打擊貪污罪案，遏制各國的貪腐行為。自 1995 年起，組織每年公布「清廉指數」（Corruption Perceptions Index，簡稱 CPI），向全世界提供一個具比較性的廉潔度狀況參考（由最差狀況 0 分至最高 100 分）。

於 2019 年 1 月 29 日公布的「清廉指數」可見，全球一百八十個被納入指數評分的國家或地區中，有逾三分二的國家評分低於 50，總平均分只得 43。而在 2018 年 2 月 21 日發布的新聞稿中，組織曾就各國貪污程度與其新聞自由度及社會公民參與度之間的關係作出調查分析，結果發現，在十名遭殺害的記者之中，有九名死於 CPI 低於 45 的國家；另有統計也指出，其中五分之一受害記者死於正在採訪貪污的案件之中。組織批評目前大部分國家的反貪進程停滯不前，亦遺憾大部分在調查中受害的記者及反貪人士，到最後都沒有得到社會公平、公義的對待。

「國際透明組織」網站：
www.transparency.org

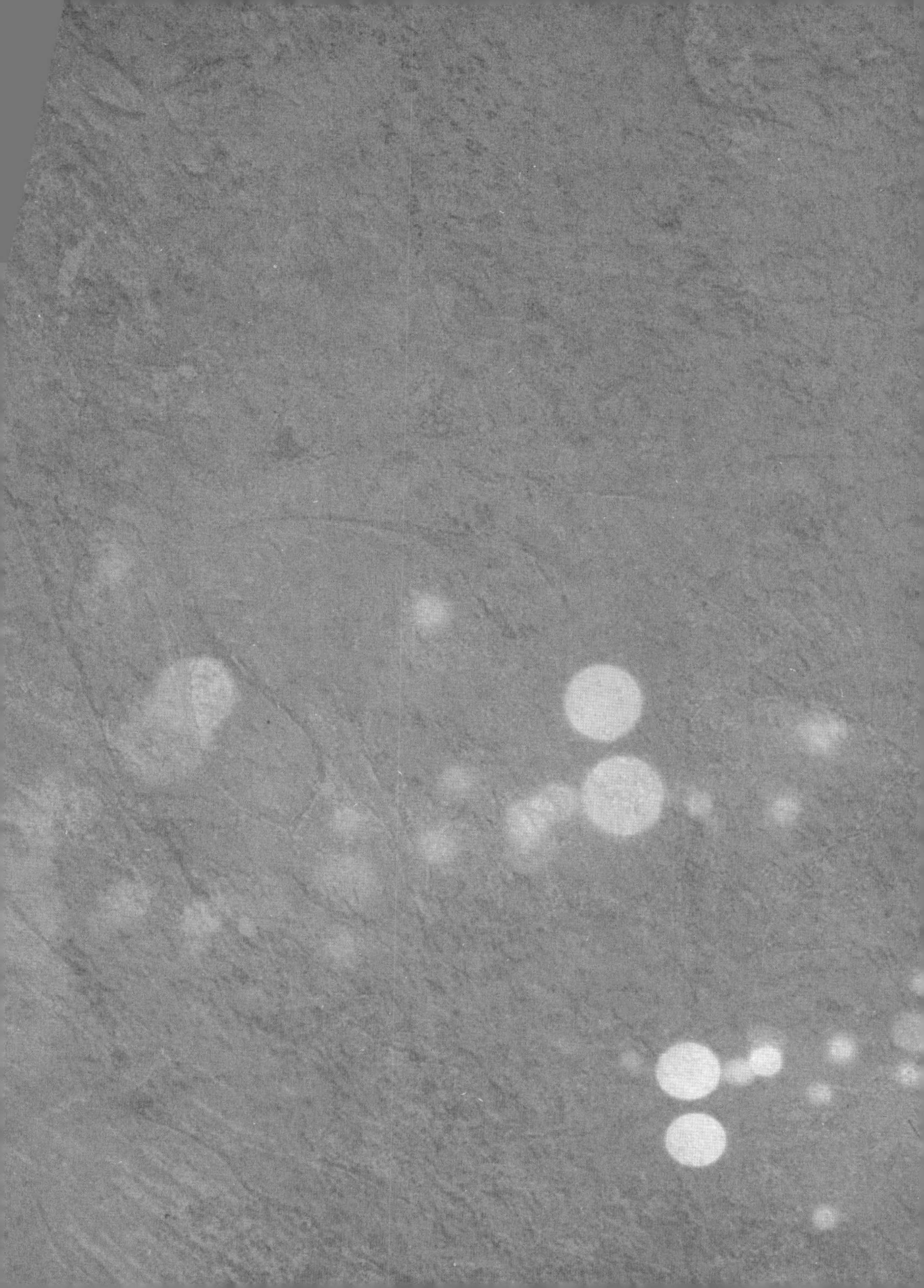

商探
與不能逃脫的商業罪犯

作者╱ 牟中三
封面繪圖╱陳某
內文插圖╱阿棠
策劃╱ Toast Publishing
製作╱ gezi workstation
編輯╱ 阿丁 Ding
設計╱ 三原色

出版╱ Toast Publishing、格子盒作室（聯合出版）
－ 郵寄地址－
Toast Publishing：九龍長沙灣青山道 700 號時運中心 901 室
格子盒作室：香港中環皇后大道 70 號卡佛大廈 1104 室
－ 聯絡電郵－
Toast Publishing：publishing@tks-partners.com
格子盒作室： gezi.workstation@gmail.com

發行╱ 一代匯集
聯絡地址： 九龍旺角塘尾道 64 號龍駒企業大廈 10B&D 室
電話： 2783-8102
傳真： 2396-0050

承印╱ 美雅印刷製本有限公司

出版日期╱ 2019 年 7 月（初版）

I S B N ╱ 978-988-78040-9-3

定價╱ HKD$108